Frankito em chamas

Matheus Borges

Frankito em chamas

todavia

The secret is in landing limp and breaking the fall with a foot or a hand.

Buster Keaton

6 18 1 14 11 9 20 15
5 13 3 8 1 13 1 19

13 1 20 8 5 21 19 2 15 18 7 5 19

I.
Sentimentos nocivos

Entrei no avião assolado pela contundente suspeita de que tudo daria errado. Essa impressão, assim me parecia, profetizava que a próxima semana seria um desastre, o fim da minha carreira — se é que eu tinha uma carreira. Houve tempos em que eu costumava sentir isso o tempo todo. Não uma perpétua dúvida a respeito de mim mesmo, mas uma certeza inabalável de que meu trabalho era irrelevante, de que a própria perspectiva de se fazer um filme era um esforço que desaguava em porra nenhuma. Um filme, vejam só, que coisa ridícula.

Ao contrário de alguns dos meus colegas, eu nunca havia sofrido com síndrome de impostor. Para fazer um bom trabalho, intuía eu, bastava alguma dedicação e um pouco de disciplina. Era o próprio trabalho, no entanto, que não servia para nada. Ganhar um prêmio aqui, ser exibido ali, ter o nome exposto em tal publicação. Tudo isso era um espetáculo de frivolidade que não me agradava. Por outro lado, também havia algo de libertador em saber que meu trabalho não tinha importância alguma no grande esquema das coisas. Eu jamais contribuiria para fazer do mundo um lugar melhor, jamais teria uma ideia revolucionária que faria a diferença no enfrentamento dos problemas que acometem a humanidade. Nada disso. Meu interesse sempre fora justamente contar histórias.

E era esse interesse, somado à inaptidão para qualquer matéria prática da vida e à aparente impossibilidade de perseguir qualquer outro interesse depois dos trinta anos de idade, que me aprisionava aos filmes. Era isso que me movia todos os dias, inclusive agora, ao tomar assento junto à janela oval, afivelar o cinto de segurança e encaixar os fones na cabeça.

No dia anterior à viagem, preparei uma playlist de música instrumental. É o que costumo ouvir quando escrevo. Palavras são excessivas e eu acabo me distraindo com os refrões, por menos pegajosos que sejam. Sinto que o processo é contaminado por palavras alienígenas flutuando nos meus ouvidos. E, sempre que penso nisso, lembro-me de uma colega que tive na quinta série. Se alguém falasse enquanto ela copiava a matéria do quadro, a menina se confundia toda e, cruzando diferentes fontes de influxo vocabular, acabava por transcrever não o texto da professora, mas o que diziam à sua volta. Claro que, no fim das contas, alguns visionários colegas descobriram que esse problema poderia ser bem divertido, em especial para o guri que se sentava atrás dela e passava boa parte das aulas de biologia sussurrando coisas no seu ouvido, de modo que ela escrevesse algo como "a célula animal é composta de membrana plasmática, citoplasma e bunda".

Uma repetitiva pulsação aquosa inundou meus ouvidos, e me senti um pouco mais calmo. Olhei para a tela do celular: "Panorphelia", de Edgar Froese. Enfiei as mãos na mochila e peguei o tratamento mais recente da minha história. Observei por alguns segundos a folha de rosto, sempre lacônica, as palavras em Courier New imitando uma antiga máquina de escrever:

AVES MIGRANTES
ROTEIRO DE LONGA-METRAGEM

A página também indicava que esse era o sétimo tratamento, porém não oferecia pistas do tempo que eu passara, ou investira, ou desperdiçara, escrevendo aquelas noventa páginas. Seis anos, entre idas e vindas, um intervalo que continha o fim de um relacionamento, que continha uma presidente reeleita e deposta, que continha três diferentes endereços, três diferentes apartamentos em três diferentes ruas num único bairro da mesma cidade, que continha o tempo de deixar o cabelo crescer e cortar outra vez, de fazer o exame periódico no oftalmologista e descobrir que a miopia se agravara um quarto de grau, o tempo de adquirir novas lentes e uma nova armação, agora arredondada, mas de também voltar ao médico no ano seguinte para constatar o aparecimento de outro quarto de grau e aí, lentes novas outra vez, porém mantendo a armação, afinal eu tinha passado a gostar dessa nova versão de mim mesmo. Esse era o tempo da história para mim, o quanto de vida se desenrolou entre o começo de tudo e o agora, esse momento em que Porto Alegre ficava para trás e o azul do céu tomava conta de tudo.

Peguei uma esferográfica preta na mochila e comecei a fazer anotações. Era meu momento final de intimidade com a história. A partir do dia seguinte, ela passaria a pertencer a uma equipe, a um elenco, às picuinhas corriqueiras de um set de filmagem. Redescobri passagens esquecidas, recordei cenas deixadas de fora do tratamento final e também de outras versões, possíveis versões, daquelas mesmas cenas que existiam entre meus dedos. Até o segundo tratamento, o personagem Ulisses costumava ficar em silêncio quando chamado de covarde na cena 44. A partir do terceiro, passei a incluir uma resposta, por sugestão do diretor Guilherme Wallauer. Foi uma primeira intrusão da sensibilidade alheia na minha história. Não me importei. Nunca me importo. Não mantenho uma relação sentimental com histórias que escrevo para o cinema. Tenho consciência de que nascem para ser evisceradas e de que esse é um processo necessário para transferi-las do cânone literário ao cinematográfico.

Lembrei-me da sensação de assistir, pela primeira vez, a um filme realizado a partir de algo que eu havia escrito. Sentado na sala escura, eu antecipava o que aconteceria a seguir como se não conhecesse nada da história exibida. Quando as luzes se acenderam, pensei "que filme bem bom", levando mais em consideração o trabalho prático de encenação e feitura que a história em si. Não me envolvendo nessa parte do processo, do meu ponto de vista era como mágica: eu tinha construído uma história com centenas de palavras num documento e poucos meses depois ali estava ela, materializada diante dos meus olhos. Não era o caso agora. Muito pelo contrário. Neste momento, eu me encaminhava para um covil de feiticeiros: o set de filmagem.

Fechei o roteiro, temendo que essa aproximação tardia despertasse sentimentos nocivos. O lúgubre sintetizador de Edgar Froese me deu calafrios e eu prontamente troquei para Bruce Springsteen.

No aeroporto de Montevidéu, fui recebido por Miguel, um dos motoristas contratados pela equipe local. Era um homem alto, de olhos esguios e cabelos negros penteados para trás. Nos cumprimentamos em portunhol e ele não demonstrou interesse em saber como era escrever um filme, como era trabalhar com cinema, essas coisas. Tomei como um bom sinal. Afinal de contas, costumo entrar em pânico quando me fazem essas perguntas e logo dou vazão a uma série de reclamações: Todos pensam que é muito bom, mas é uma merda. Sinto como se eu fosse um escravo de mim mesmo. Terminamos um filme sem saber se faremos outro. Em vez disso, entramos no carro, um sedan prateado, e ele quis saber se a viagem foi boa, se fazia bom tempo no Brasil.

"Brasil", falou ele mais uma vez, atento à estrada. "Este nuevo presidente de ustedes."

"Difícil."

"Muy difícil", ele concordou.

Amparados por essa irmandade incidental entre latino-
-americanos, consequência da instabilidade política do continente, conseguimos manter uma conversa agradável, tanto
que nem recorri aos alemães que povoavam meu celular. Leva-
mos duas horas para chegar a Pedrerita, o minúsculo balneário
onde *Aves migrantes* seria rodado. Quando comecei a escrever
o roteiro, seis anos atrás, não planejava situar o filme no Uruguai. Tampouco imaginava que a história se passaria no Brasil
ou em qualquer outro lugar específico. Era uma história sem
marcas de identidade regional. Por sugestão de Adriana Ferraz, nossa produtora, decidimos inscrever o projeto num programa de incentivo a coproduções cinematográficas no Merco-
sul. Uma das principais exigências desse programa era que ao
menos um terço do filme fosse rodado em outro país da região.

Fiz alguns ajustes na história, de modo que as últimas sequências se situassem no Uruguai. Com um projeto sólido em
mãos, entramos em contato com uma produtora uruguaia que
logo se mostrou interessada em se associar à produção. Em
questão de três anos, *Aves migrantes* deixou de ser apenas noventa páginas no meu computador e se transformou num projeto de verdade, que agora envolvia oitenta profissionais, entre
brasileiros e uruguaios. Também deixei de ser um simples roteirista e passei a ser tratado como produtor executivo, produtor associado ou, simplesmente, produtor. Essa era uma questão que acertaríamos mais tarde, uma vez que não estava claro
qual função eu passaria a cumprir.

"Felipe?"

Era Fernanda, a assistente de produção. Em parceria com
a equipe local, era ela quem coordenava a preparação da nossa
base em Pedrerita. Eu vinha conversando com Fernanda por
e-mail nos últimos dias, acertando os detalhes da viagem. Era
a primeira vez que eu a via pessoalmente. Fui tomado por
aquela sensação de encontrar alguém em carne e osso depois

de um período prolongado de conversas remotas, a impressão de que a pessoa, ainda que verdadeira, não corresponde à imagem mental que fabricamos a partir das rudimentares interações por escrito. Não sei se imaginava Fernanda mais alta, mais baixa, ou se sequer cheguei a imaginá-la. Sei apenas que a Fernanda real não correspondia à Fernanda com quem conversei por e-mail e, por isso mesmo, era uma falsa Fernanda.

"Tu chegou bem na hora", ela disse.

2.
Tigres e samurais

O ambiente da sala de reuniões, ao fim de um corredor no andar térreo, pesava nos meus ombros. Ali estavam Guilherme Wallauer, o diretor, a produtora Adriana Ferraz e os principais chefes de departamento: as diretoras de fotografia e arte, que Guilherme trouxe de São Paulo, um cara com olhos de galinha que era responsável pelo som e o produtor de locações, um uruguaio de bigode que também se chamava Miguel. "De quantos Miguéis é feito o Uruguai?", pensei eu, cumprimentando cada um deles com um breve aceno e um gemido monossilábico que ora parecia oi, ora e aí. Assim que me sentei, bem ao lado da porta, Guilherme disse a todos com sua voz grave:

"Gente, esse aqui é o Felipe, caso vocês não conheçam. Foi o Felipe quem escreveu esse belo filme e ele vai ficar por aqui ao longo dos próximos dias acompanhando nosso trabalho."

"Pega leve com a gente", disse a diretora de arte para mim, e riu em seguida.

"Sabe como é cinema", disse Adriana. "A gente tá aqui pra destruir tua história."

Todos riram. Guilherme ergueu o dedo na minha direção.

"O Felipe não se importa com isso, viu, gente? Tem muito roteirista chato por aí, mas o Felipe não é um desses, não."

"E ele tá aqui na condição de produtor associado", observou Adriana. "E não roteirista."

Continuaram falando de mim como se eu não estivesse ali por uns dois minutos. Alguns se mantinham calados e se limitavam a me dirigir sorrisos constrangidos. Agradeci ao diretor pela apresentação. Guilherme e eu nos conhecíamos fazia mais de uma década, tendo frequentado os mesmos cursos, as mesmas oficinas, os mesmos eventos e festivais, as mesmas salas de cinema exibindo clássicos filmes esquecidos e filmes inesquecíveis que não eram clássicos. Enfim. Não éramos bem amigos, mas havia essa proximidade. Foi depois de uma sessão de cinema, cinco anos antes de estarmos sentados naquela risível sala de reuniões num hotel uruguaio sem nome, que Guilherme Wallauer me perguntou se eu queria tomar um café.

Tínhamos visto *O samurai*, o filme de Jean-Pierre Melville em que Alain Delon interpreta um solitário matador de aluguel. Apesar de conhecer Guilherme de vista, de saber quem ele era, apesar de cumprimentá-lo toda vez que o encontrava, eu nunca havia trocado com ele mais que umas poucas palavras. De qualquer forma, aceitei o convite.

Passamos duas horas conversando a respeito do filme. Falamos do passarinho preso na gaiola, do rosto bonito de Alain Delon, perfeito para expressar a solidão e a tristeza do protagonista. Concordamos que, mais do que uma boa história, era um filme que cultivava uma atmosfera, talvez a própria atmosfera do rosto de Alain Delon — bonito, sozinho e triste. Se, como diz a epígrafe que introduz o longa, não há solidão maior que a de um samurai, talvez apenas a de um tigre na selva, então Alain Delon não era simplesmente o samurai, como era o tigre e a selva, como era também a própria solidão. Seguimos falando de filmes e atmosferas, de filmes e solidão, de tigres e samurais.

Trocamos o café pela cerveja. Com o álcool fluindo no sangue, mencionei que vinha pensando nas palavras "aves migrantes". Por alguma razão, essas duas palavras haviam se combinado na minha cabeça e agora se manifestavam como uma entidade indivisível. Disse a ele que considerava esse um bom título, o título de um filme que não existia, um filme que eu poderia escrever.

Guilherme coçou a barba e disse que a ideia de "aves migrantes" parecia oposta à do *Samurai* de Melville, uma vez que a única ave do filme é mantida presa numa gaiola e acaba morta. Observei que meu interesse na ideia de aves migrantes talvez não fosse tanto a liberdade com que envolviam o mundo nos seus voos, mas o automatismo do processo migratório. Aves migrantes, considerei. O que fazem? Migrar. De tempos em tempos, são convidadas a repetir a mesma jornada, em busca de um habitat com melhores condições de sobrevivência. Todos os anos, disse para Guilherme. O mesmo trajeto, o mesmo voo, os mesmos pontos de partida e chegada. Fazem isso sem pensar duas vezes, como verdadeiras bússolas vivas, orientadas pelo magnetismo do planeta. Um processo ritualístico, automático, natural. Meu interesse era nesse tipo de comportamento e em como ele se manifestava na vida dos seres humanos. Também nós recorremos aos nossos próprios comportamentos automáticos.

"Se algum dia tu escrever esse filme", disse Guilherme, "e se esse filme for um filme de atmosfera, um filme assim tipo o *Samurai* do Melville, então eu quero dirigir."

Demos risada, elaborando cenários e personagens, conversando sobre comportamentos automáticos e cerimônias particulares. Guilherme, falando alto e fazendo vibrar as linhas de expressão no centro da cabeça raspada, contou a história de um tio, na verdade um tio da sua mãe, que costumava limpar a espingarda uma vez por mês, sem nunca ter disparado um tiro sequer. Depois disso, fumamos uns cigarros na calçada da rua João Alfredo e eu fui para casa, arquivando a experiência daquela noite como algo agradável, mas que, como tantas outras conversas que já tive com pessoas da área, não daria em nada. Dias mais tarde, ele me enviou uma mensagem:

"Aves migrantes."

Ao longo da reunião, assim que Guilherme começou a falar com a equipe, percebi que, ao contrário do que eu imaginava, a instalação da base de operações já havia sido concluída fazia algum tempo. A verdade é que o filme já estava sendo rodado sem que eu estivesse ali. E por que teriam começado sem mim? Não seria importante que o roteirista falasse algumas palavras à equipe antes do começo das filmagens? Assim, estariam todos em sintonia. Não seria interessante que eu comentasse algumas das ideias centrais da história? Eu poderia falar de processos ritualísticos, comportamentos automáticos e campos magnéticos. Poderia fazer comentários espirituosos, mencionar a inesquecível espingarda do tio de Guilherme para, afinal, lembrar: Guilherme, claro, o primeiro a ter acreditado no projeto. Eu poderia agradecer a todos por embarcarem comigo naquela aventura e desejar um bom trabalho. Logo, no entanto, a raiva se dissipou em frustração. Apesar de ser um produtor do filme, esse era apenas um título formal. Não cabia a mim gerenciar as necessidades do dia a dia durante o período das gravações. Estava ali na condição de convidado, em consideração a meu papel como criador daquela história. Assim que cheguei a essa conclusão, senti uma ponta de alívio. Eu não tinha responsabilidade alguma além das que eu mesmo poderia inventar. Estava ali para testemunhar a materialização das minhas ideias.

Guilherme demonstrava como queria a posição da câmera. Falava de uma cena de confronto que deveria ser rodada no dia seguinte. Sim, um momento-chave da história, quando Ulisses arremessa o chapéu pela janela e grita com o próprio reflexo no espelho. Guilherme fazia isso com muito entusiasmo, uma energia que se espalhava por aquela catacumba que era a sala de reuniões, contagiando os outros profissionais, que logo apresentavam suas ideias para determinados momentos do filme, argumentando sobre como poderiam iluminar a cena ou preencher o quadro de maneiras mais interessantes. Valorizar o espaço, dizia a diretora de arte. Guilherme contra-argumentava e trazia novas ideias que melhoravam ainda mais as sugestões dos colegas.

Ao contrário do que se imagina, não são os atores as estrelas da produção de um filme. São as estrelas do filme em si, mas não da produção. O papel de estrela cabe ao diretor, cujo dever é liderar a equipe, normalmente se entregando a uma interpretação exagerada de si mesmo ou, no caso de Guilherme Wallauer, de um técnico esportivo. O diretor de um filme é um pavão no jardim colorido que é um set de filmagens. Sempre admirei as qualidades do diretor quando as reconheço nos outros. De igual modo, essas qualidades também sempre me inspiraram uma profunda desconfiança. Afinal de contas, são as mesmas características necessárias para se obter êxito como líder de uma seita.

Guilherme parabenizou a todos, batendo palmas, e deu a reunião por encerrada. De saída, a equipe passava por mim e me dava tapinhas nas costas, dizendo parabéns pelo roteiro, é uma ótima história, estou feliz de trabalhar contigo. Ficamos sozinhos na sala, Guilherme e eu. Os olhos dele reluziam por cima da mesa, me observando com expectativa.

"Então?", ele disse.

Ergui o polegar direito em sinal de positivo.

"É isso aí", disse ele. "Acho que vai dar bom."

3.
Dois sedutores espiões

Às oito da noite, sentei-me na cama, as costas apoiadas na parede. Pensei em pedir serviço de quarto e peguei um cardápio na mesa de cabeceira. Imaginei que o hotel dispusesse de parrillas, panchos e chivitos, mas não, claro que não. Apesar de situado fisicamente no Uruguai, o hotel não pertencia a esse país, mas ao único país a que pertencem os hotéis, que é o país Hotel. Em vez de servir comida típica do país Uruguai, servia os pratos típicos do país Hotel: estavam ali o club sandwich, o hambúrguer com fritas, o macarrão e três tipos diferentes de molho. O quarto, meu canto temporário no país Hotel, era como qualquer outro canto privativo dessa imensa nação: uma cama king size de lençóis engomados, uma mesa de cabeceira de gaveta única, uma televisão, uma escrivaninha, uma cadeira, um armário com cabides, o banheiro impecável com seu chuveiro cuja pressão é sempre errada e a temperatura, sempre certa.

Indeciso quanto ao que comer, permaneci em silêncio, coçando a cabeça, sentindo o sono se aproximar e depois se afastando, vacilante, como se sinalizasse ao meu corpo a incerteza de que o dia chegava ao fim. Foi quando bateram à porta.

"Felipe?", disse uma voz familiar. "Sou eu."

Abri e encontrei Natália, os olhos distorcidos por um sorriso ansioso. Sem esperar por um convite, ela entrou no quarto e me estrangulou num abraço demorado. Depois de me soltar, ergueu a mão direita para mostrar que trazia uma garrafa de vinho tinto e eu enfim pude esboçar uma reação, ainda que mínima, à sua blitzkrieg:

"Não esperava te ver por aqui."

"Tu não sabia que eu tava trabalhando no filme? No teu filme?"

"Não", respondi, constrangido. "Eu sou roteirista, sabe, não tô por dentro das equipes todas."

"Mentira", disse Natália, sarcástica, mas não sem um pingo de sinceridade. "Acho que tu tava me evitando."

"Te evitar? Nunca. Inclusive, melhor que tu esteja aqui. Tô me sentindo um pouco alheio a tudo. Tu tá na equipe de som?"

"E onde mais?"

Fechei a porta. Sentamos no colchão. Ela abriu a garrafa de vinho e bebeu um gole com o mesmo jeito desleixado que costumava fazer as coisas. Apesar de ser uma excelente técnica de som e exímia instrumentista, ao resto atribuía um certo descaso, talvez para reforçar o compromisso único e inalienável com a música e os sons. Tínhamos nos conhecido um ano antes. Pedrão, meu amigo de infância, tocava bateria num trio de jazz e me convidou para uma apresentação numa casa noturna da Cidade Baixa. Pedrão era um cara troncudo de braços fortes. Apesar de uma expressão perpetuamente irritada, sempre teve um temperamento gentil. Desde que meu relacionamento com Sabrina chegara ao fim, Pedrão me chamava para sair toda semana. Sabia que eu estava deprimido e me levava a bares e shows, incluindo inúmeras apresentações da sua banda.

Era um processo de readaptação, dizia ele. Difícil superar um relacionamento de cinco anos, ainda mais o casamento informal que eu tivera com minha ex. Pedrão disse que essa depressão pós-término duraria o dobro do tempo do relacionamento, um período de luto estendido que seria melhor aproveitado se visto como uma fase da minha educação. Era preciso redescobrir uma individualidade enterrada, reaprender a se comportar como um sujeito sozinho. Não que alguma vez na vida eu houvesse deixado de me sentir sozinho, algo que me acompanhava desde a infância, mas eu tinha me acostumado a outra presença. Por cinco anos, dividi com Sabrina um teto e um conjunto de hábitos.

Para auxiliar nesse processo de educação, insistia Pedrão, não havia nada melhor que a vida noturna. Apesar de admirar o trabalho do meu amigo, foi a outra banda que tocou naquela noite que me deixou empolgado. Phaedra, um conjunto de música experimental contemplativa que tocava composições de quinze ou vinte minutos. Absorto por aquela música glacial, bebericando a cerveja, perguntei ao Pedrão quem era a tecladista.

"O nome dela é Natália Borba."

"Toca demais."

"Muito."

As mãos de Natália flutuavam nas teclas. Ela produzia sons com o mistério de um médium que excreta ectoplasma. Ao contrário dos médiuns, porém, seus dedos eram reais, como também eram reais os circuitos elétricos do seu instrumento. Dessa forma, os espíritos vítreos que ela invocava eram completamente verdadeiros, muito diferentes dos artificiosos fantasmas e seus fluidos. Ainda assim, havia na sua performance algo de sobrenatural ou ao menos mágico. Ela permanecia no palco de olhos fechados, os longos cabelos loiros caídos sobre o rosto, sobrepondo camadas de sons aveludados. Seu talento me enervava, e era enervante usar essa palavra ao pensar no que ela fazia. Talento. Eu dispunha de uma habilidade, a escrita de roteiros de cinema, algo banal e mundano, algo que se poderia aprender e ensinar sem nenhuma dificuldade, algo que qualquer um poderia fazer caso tivesse vontade. Mas ninguém poderia fazer o que Natália fazia do jeito que só ela era capaz de fazer. Isso, para mim, era a definição de talento. Pedrão cumprimentou Natália depois do show e ela ficou por ali mesmo. Bebemos algumas cervejas e eu posso ou não ter expressado tudo isso, de modo mais ou menos eloquente.

Lembro-me de Pedrão ter se levantado para ir ao banheiro, onde havia uma fila considerável, e Natália perguntar quem eu era, o que fazia e se, para além do fato de ser amigo do baterista, havia alguma razão para eu estar ali. Falamos dos músicos alemães, de Cluster e Tangerine Dream, e professamos nossa devoção ao Ash Ra Tempel. Lembro-me de Pedrão voltar do banheiro e de nós três fumando um baseado na calçada. Lembro-me de tê-la segurado pela cintura. Lembro-me de ter aproximado o rosto de seus cabelos e que, apesar do aroma residual de xampu, eles cheiravam a suor e fumaça. Lembro-me de que nos beijamos e eu me senti como se tivesse catorze anos, beijando uma menina pela simples razão de gostarmos das mesmas bandas.

Continuamos nos encontrando ao longo das semanas seguintes. Eu ainda me sentia enferrujado nesse tipo de situação, fazendo o que podia para reavivar a memória distante do florescer da intimidade entre duas pessoas. Com muitas dúvidas, eu acabava premeditando meus movimentos para não demonstrar entusiasmo demais. Fui à casa dela e vimos a apresentação do Kraftwerk no Beat Club em 1971, quando Ralf Hütter estava afastado da banda e Florian Schneider chamou Michael Rother e Klaus Dinger para integrar o projeto. Fomos ao cinema. Não lembro o que vimos. Permanecemos nos beijando e nos tocando no escuro, na última fileira, e mais uma vez senti como se tivesse catorze anos. De qualquer forma, dias mais tarde ela me ligou e disse que havia voltado com o ex e que não poderíamos mais nos ver. Fiquei triste, mas não abatido. A vida continuava e eu não tinha catorze anos. Eu tinha trinta e dois.

Natália baixou a garrafa e limpou a boca com a manga da camisa. Estendeu a garrafa na minha direção e eu bebi um gole de vinho, imaginando o que deveria fazer em seguida. Se perguntava da produção do filme, do meu filme, como ela fez questão de lembrar, ou se tentava beijá-la, tocar seu corpo. Terminei de beber e deixei a garrafa na mesa de cabeceira.

"Tu chegou hoje, né?", ela perguntou.

"Sim", respondi. E sem saber o que acrescentar a isso, despluguei o fone do celular. "Olha a playlist que eu fiz pra viagem."

Uma percussão minimalista começou a soar pelo alto-falante do celular, címbalos sintéticos atravessando uns aos outros em agulhadas eletrônicas, como que sussurros ou sibilos. Logo entrou em cena a mesma sequência de acordes num sintetizador gélido, repetindo e repetindo e repetindo, num transe. Era "E2-E4", a composição de Manuel Göttsching que inventou a música techno em jogadas de xadrez. Natália sorriu para mim e arregalou os olhos. Será que ela esperava que eu fizesse alguma coisa? Os instrumentos continuavam a entrar ritmados na sequência pré-programada e eu aproximei a boca do pescoço dela, tateando suas coxas com a inaptidão de um virgem. Deitamos na cama, em cima dos lençóis engomados, e eu senti a respiração dela no meu ouvido, ofegando no ritmo da percussão eletrônica. A música sincronizava os corpos e regia nossos movimentos de forma bizarra. Ou isso ou existe uma correlação de formas entre o sexo e a música eletrônica, duas experiências amparadas pelo princípio de que a intensa repetição mecânica conduz ao êxtase.

Por fim, ao terminarmos nossa própria intensa repetição mecânica, o que tocava na playlist era a música triste de um piano ("Lustwandel", de Hans-Joachim Roedelius). Natália estava esbaforida, deitada em cima de mim, e nossos suores se misturavam no lençol. Amolecidos pelo esforço físico, éramos dois bonecos de carne aguardando a faísca da vida. Olhei para ela e, tacitamente, concordamos que o piano pastoral de Roedelius não era a melhor escolha para um momento como aquele. Ela revirou os olhos e deu um gole no vinho. Assim que ela se levantou, foi como se eu percebesse que estava pelado num sonho em que visitava minha escola, e tive o impulso de cobrir as partes íntimas. Além disso, era uma noite fria e meu suor começava a evaporar, deixando um rastro gelado na pele. Puxei os lençóis engomados, que nem se mexeram. Comecei a procurar minhas roupas.

"Fica pelado", ela disse. "Isso aqui é um quarto de hotel."

"Tu diz isso como se a gente estivesse num encontro clandestino." Fiz uma pausa. "Adultério", enunciei, sílaba por sílaba, projetando no ar essa mandala proparoxítona.

"Não deixa de ser", ela riu.

"O cara? Ainda?"

"Sim."

"Putz", disse eu, sem saber o que responder.

Afinal, estávamos num encontro clandestino, abençoados pela impessoalidade do quarto de hotel como dois sedutores espiões. Ela me deu o vinho e pegou meu celular. Tirou o Roedelius e botou a música seguinte: Moebius & Plank, "Rastakraut Pasta". Começou a dançar de maneira caricata, erguendo e baixando os braços no ritmo desengonçado da música.

"Como tá o filme?", perguntei.

"Tá bem", disse ela, sem parar de se sacudir. "Quer dizer, eu não sei direito, só organizo os arquivos de som."

"E como tá indo?"

"O quê? A organização dos arquivos?"

"É. Sei lá."

"Tu já conheceu o Frankito?", ela perguntou. Logo em seguida, deu um tapa na testa. "Que burrice a minha. Claro que não, tu chegou hoje e nem foi no set."

"Quem?"

"O Frankito."

"Quem é o Frankito?"

"É uma figura", disse ela, saltitando nua no ritmo da música. "O Frankito é uma figura."

4.
Meu companheiro de viagem

Acordei às seis da manhã da sexta-feira e encontrei a ordem do dia, que fora enfiada debaixo da minha porta em algum momento daquela madrugada. Natália havia voltado ao seu quarto pouco depois das onze e eu fiquei sozinho, pensando nela, assistindo ao telejornal uruguaio. Gostei de tê-la reencontrado daquele jeito inusitado, mas senti que havíamos criado uma película invisível entre nós, algo que impossibilitava nossa amizade ou o florescimento de uma relação genuína. Éramos clandestinos. Eu desceria para tomar o café da manhã e a veria conferir planilhas, estaria com ela no set, o tempo todo tentando me desvencilhar dessa película, tateando uma superfície gelatinosa. Ao lembrar que "película" era a palavra em espanhol para "filme", sorri com o trocadilho involuntário.

De qualquer forma, Natália estava trabalhando no filme, no meu filme, e imaginei que talvez agora ela sentisse o que eu sentia ao vê-la tocar música estranha com seu conjunto. Depois de ler meu roteiro e se envolver numa história escrita por mim, imaginei, passaria a me ver como alguém com talento, ainda que não fosse essa a imagem que eu tinha de mim mesmo. Meu desejo, ao me relacionar com mulheres, sempre fora este: que vissem em mim um cara talentoso, um talento que eu intuía inexistente.

A ordem do dia estipulava que a sexta-feira seria dedicada a cinco diferentes cenas numa mesma locação, a área comum de um edifício habitacional e um dos apartamentos. A cena em que Ulisses joga o chapéu pela janela e grita com o espelho, a cena em

24

que percebe o chapéu se afastando e sai correndo para recuperá-lo, a cena em que tropeça e rola escada abaixo. Não encontrei meu nome na lista de pessoas que deveriam comparecer ao set. Ali estavam os nomes de Guilherme, claro, de Adriana, de inúmeras pessoas que eu não conhecia, e também o nome de Frankito.

Desci ao refeitório do hotel. Ao contrário do que imaginei, estava deserto, e me servi de uma xícara de café. Fui à mesa do bufê e coloquei uma porção de ovos mexidos num prato. Estavam secos. Um funcionário do hotel me viu comer sozinho e disse que as pessoas do filme já tinham saído. Disse a ele que eu sabia, como se tivesse controle absoluto da situação. Ele voltou para a cozinha e eu conferi minhas mensagens. Havia uma de Natália, dizendo:

"Muito bom te ver de novo", emoji de carinha feliz rodeada por corações.

Havia uma de Fernanda, que dizia:

"Tu deve estar cansado, por isso não te acordamos. Uma van da produção vai passar no hotel às oito da manhã e tu pode acompanhar a cena da queda."

Olhei no relógio e eram sete e meia. Terminei de beber o café e deixei os ovos pela metade. Se eu ficasse com fome mais tarde, poderia contar com os sanduíches do set. Levantei e me dirigi ao saguão do hotel, onde me sentei num sofá marrom de dois lugares. A recepcionista, uma mulher esguia de trinta anos, me disse buenos días e eu repeti buenos días. Além das janelas, a manhã se revelava uma zona de sombra cujos dedos ainda se agarravam à noite. Como havia bebido vinho antes de dormir, ainda estava sonolento. Perguntei à recepcionista onde poderia comprar cigarros.

"Muy temprano", respondeu. "La tienda todavía no ha abierto."

Dei de ombros, mas logo ela começou a revirar a própria bolsa.

"Tomá", disse ela, estendendo um cigarro na minha direção. "Para calmar las ganas."

Agradeci e pus o cigarro entre os lábios. Fumei em silêncio sob a fachada do hotel, que agora percebi ter um nome. Hotel Del Mar. Não demorou muito e uma van branca surgiu na rua estreita, aproximando-se lentamente do hotel. Estacionou diante de mim e reconheci o motorista Miguel que me trouxera do aeroporto. Eu disse buenos días e ele disse meu nome:

"Felipe! Estaba mismo te buscando."

Saiu do veículo e abriu a porta de correr da parte traseira.

"Dia movimentado?", perguntei.

"Todavía no", respondeu.

Entrei na van e me acomodei de costas para o motorista. Eu não estava sozinho. Diante de mim, dormia um homem franzino de nariz comprido. Aparentava estar na casa dos cinquenta e vestia a camisa de um time de futebol. Atlético alguma coisa, cores azul-celeste e amarelo. Cochilava sem roncar, respirando lentamente. As mãos cruzadas no colo repousavam em cima de uma bolsa de couro. Percebi que tinha cicatrizes em ambas as mãos, cicatrizes disformes que se espalhavam na pele como a representação dos oceanos em globos terrestres. Miguel deu a partida e eu encaixei os fones na cabeça.

Coloquei "E2-E4" para tocar, fechei os olhos e tentei reconstruir mentalmente o corpo nu de Natália, a memória reunindo fragmentos ainda frescos da pele dela e formando um agradável quebra-cabeça do calor mamífero. Quando enfim despertei, a primeira coisa que vi foram os olhos ansiosos do meu companheiro de viagem.

"El guionista?", perguntou.

"Sim", confirmei.

"Muy bueno", disse ele, extasiado, como se eu acabasse de anunciar uma importante descoberta científica.

A van estacionou. A porta se abriu e o rosto de Miguel apareceu, iluminado pelo sol desbotado da manhã de inverno.

"Llegamos", anunciou o motorista, estendendo a mão para nos ajudar a descer.

Olhei ao redor. Estávamos no estacionamento de um condomínio praiano, um agrupamento de três edifícios alaranjados.

"Bueno", disse meu companheiro de viagem. "Muy bueno."

"Cuidado, han", disse Miguel a ele. Depois se virou para mim. "Frankito es", e fez questão de enfatizar, separando bem as sílabas, "loco."

Frankito, já habituado à rotina do set, foi me mostrando o caminho. Percebi que não havia moradores no condomínio, apenas um esquálido zelador que controlava a entrada e saída de veículos. Como não era temporada de veraneio, a equipe de cinema tinha o lugar inteiro à disposição. À medida que avançávamos nos corredores do segundo bloco, Frankito ia fazendo comentários ininteligíveis, resmungando que isso ou aquilo, apontando para as portas. Eu apenas concordava com a cabeça, tentando identificar na paisagem os elementos a que Frankito se referia na célere torrente locutória. Começamos a subir as escadas e eu ouvi a voz de Guilherme, ainda distante. Alcançamos o terceiro andar e encontramos a típica movimentação de um set de filmagem, pessoas andando para lá e para cá com pranchetas e rolos de fita-crepe.

Estavam terminando de rodar a cena do chapéu, disse Fernanda. Atrasaram porque o dia demorou a amanhecer e a fotógrafa de São Paulo teve que improvisar um sol artificial com o equipamento de luz. Rodar um filme é lutar contra a realidade, sempre tive essa impressão. É comprimir muito tempo num intervalo curtíssimo, é manipular as condições naturais de modo que não interfiram no tecido da ficção. Fernanda apontou duas cadeiras dobráveis num canto do corredor e disse que Frankito e eu podíamos sentar ali. Assim que nos acomodamos, Frankito abriu a bolsa de couro. Minucioso, depositou uma porção de erva-mate numa cuia bojuda. Preencheu a cavidade verde de água fervente de garrafa térmica, deu duas longas chupadas e engoliu rapidamente.

"Bueno", repetiu. "Muy bueno."

Estendeu o braço na minha direção, oferecendo a cuia. Fiz que não, obrigado. Ele chupou o mate mais uma vez e outra depois dessa. Do interior do apartamento, ouvi Guilherme gritar ação. De repente, a expressão de Frankito adquiriu um caráter ensimesmado e ele seguiu chupando a bebida escaldante. Frankito sugava o mate com alarmante velocidade, de modo que ingeriu tudo em questão de dois minutos e agora as chupadas emitiam os característicos roncos ruidosos de quando se esvazia um chimarrão. Guilherme disse corta e alguém gritou:

"Los ronquidos del mate, Frankito!"

E ele respondeu, também gritando:

"Lo siento, mi director!"

5.
A Medeia de Volta Redonda

Concluíram a cena do chapéu e logo a equipe começou a transportar os equipamentos para o corredor. Iriam rodar agora a cena em que Ulisses, apressado para recuperar o chapéu perdido, rola escada abaixo. Assim, foram amontoando as luzes ao redor do pé da escada. Do interior do apartamento, brotavam pessoas como formiguinhas ordenadas, carregando tripés e caixotes. Enquanto se ocupavam disso, nosso Ulisses, o ator veterano Paulo Roberto Castelo, aproximou-se de mim e de Frankito. Castelo tinha setenta anos, era um homem alto de dolorosos olhos azuis. Vestia o figurino do personagem, um terno cinza e uma gravata azul somente um pouco mais escura que seus olhos.

Quando Adriana me contou que ele tinha adorado meu roteiro e estava disposto a se afastar por algumas semanas da encenação de *Macbeth* que protagonizava no Rio de Janeiro, pensei que fosse ter um colapso de tanta alegria. Paulo Roberto Castelo era uma figura icônica da nossa televisão e eu o considerava um dos melhores atores brasileiros em atividade. Quando criança, eu era fascinado por Tião Carrapato, o vaqueiro desbocado interpretado por ele na minissérie *Entradas e Bandeiras*, de 1996. Nos últimos meses, eu havia tido a chance de conhecê-lo melhor, de ouvi-lo falar sobre o trabalho e a própria vida. Quando lhe disse como a minissérie havia marcado minha infância, Castelo me contou da intensa rotina de filmagens no meio do mato, das dificuldades de atuar com uma dentadura e um falso olho de vidro. Contou também que tivera um breve romance com Evelyn Brandão, que na época era casada. Achei fascinante, mas a verdade é que não me surpreendi, visto que as cenas mais intensas de Tião Carrapato eram justamente aquelas em que ele contracenava com Teresa, a cafetina carismática que controlava suas meninas com punhos de ferro.

A verdade é que, desde nosso primeiro encontro, eu tinha sentido uma espécie de cumplicidade com Paulo Roberto Castelo, um homem tão ou mais pragmático do que eu gostava de me imaginar. Em nossa primeira reunião, no apartamento de Guilherme, comemos pizza e bebemos vinho, tratamos de pontos importantes da história de *Aves migrantes* e seguimos conversando até as duas da manhã.

A certa altura, Castelo explicou que havia nascido em Santa Maria e vinha de uma tradicional família de estancieiros. Mudou-se para Porto Alegre com a intenção de cursar Direito, mas acabou se metendo com o pessoal do teatro e largou o curso depois do primeiro semestre. Atuou por duas temporadas numa comédia que agradou ao público e logo surgiu uma oportunidade de ir para São Paulo. O amigo de um amigo trabalhava com cinema na capital paulista e avisou que precisavam de um ator jovem numa produção em que ele estava envolvido. Castelo tinha vinte anos e se mandou para São Paulo dois dias depois de ficar sabendo da vaga. Foi uma frustração. Já haviam achado outra pessoa, explicou ele com os olhos azuis reluzindo ao mirar o infinito do próprio passado. Pensei que o ator havia parado de falar, mas a verdade é que fez uma pausa para beber um gole de vinho e talvez inserir o breve silêncio estratégico que dá intensidade às palavras nos solilóquios aos quais estava habituado. Talvez Castelo estivesse pensando nas palavras certas para narrar sua biografia, talvez já tivesse contado a própria história muitas vezes, sempre do mesmo jeito.

Tentando não desanimar, o jovem Castelo resolveu ficar por São Paulo, ocupando um sofá na sala do apartamento do amigo, que se chamava Flávio e também era ator. Sem ter muito o que fazer, aceitou o convite para conhecer as instalações do Teatro Arapuca, onde Flávio atuava já fazia uns três anos. Castelo, olhando para mim e para Guilherme, expôs os dentes num sorriso debochado.

"Eu fui pra São Paulo no comecinho de 1969, no auge da ditadura. Época doida essa. Eu não tinha ideia, mas existiam vários desses grupos fazendo coisas bem diferentes."

O Arapuca ficava na praça Roosevelt, célebre reduto de artistas no centro da cidade, entre as ruas Consolação e Augusta. Era um prédio amplo, de paredes escuras e fachada em estilo art déco, onde na década de 1940 costumava funcionar um cinema. Quando Castelo chegou ao Arapuca, a praça Roosevelt passava por uma transformação. Ele nos explicou que o lugar tivera seu auge como ponto boêmio no começo dos anos 60, mas não demorou muito até que virasse objeto da especulação imobiliária e dos planos de modernização do centro da cidade, que na prática consistiam em transformar o máximo possível da paisagem urbana em estacionamentos, viadutos e rodovias. O que Castelo viu ao chegar à praça Roosevelt, portanto, foi um grupo de centenas de trabalhadores em fila, correndo de um lado para o outro como formigas, cavando buracos e levantando paredes. As imediações da praça haviam sido transformadas num canteiro de obras que parecia funcionar vinte e quatro horas por dia, e os responsáveis lutavam contra o relógio para terminar um ambicioso plano de remodelagem que já dava sinais de que não seria concluído dentro do prazo.

O diretor do Arapuca se chamava Geraldo Benini e era um jovem dramaturgo de ideias revolucionárias. Baixo e atarracado, tinha cabelos compridos e falava alto, quase gritando, sobre o potencial contestatório da forma dramatúrgica quando encenada para os homens dormentes da metrópole, da capacidade do espetáculo de despertar as massas de um transe nauseabundo imposto pelo grande capital, pois também o capital se infiltrava nos sonhos e desejos dos que são explorados, cabendo ao espetáculo uma função catártica de implodir a normalidade aparente, algo que remontava à tradição mais antiga da forma teatral, pois mesmo no tempo dos gregos já se sabia que o teatro tinha uma inerente vocação desmanteladora que o aproximava dos deuses, ao mesmo tempo que expunha a grande farsa civilizacional no coração político daquela sociedade, e era pensando nisso, em tudo isso, que através da técnica e do artifício se tornava possível revelar a grande mentira do cotidiano entregue aos trabalhadores: não era o palco, atulhado de cenários e objetos cênicos, que era uma ilusão, mas a própria rotina da cidade e sua paisagem enfeitada de jornais, anúncios publicitários e postos de gasolina.

Castelo ficou ao mesmo tempo tonto e fascinado pelo diretor. Era difícil acompanhar o que ele dizia, afinal Benini saltava de uma ideia para outra a cada poucos segundos, sem perder o fôlego e com um cigarro aceso no canto da boca, que de vez em quando ele puxava, com os dedos em pinça, só para dar ênfase às vogais abertas de "capital" e "espetáculo", duas palavras pelas quais ele parecia nutrir singular apreço e que agora, cinquenta anos depois, Castelo utilizava para imitar os trejeitos desse personagem diante de nós, os olhos arregalados e um cigarro imaginário entre os dedos. Apesar de tudo, era evidente que o dramaturgo dedicava muita paixão ao que fazia e se esforçava ao máximo para contaminar a trupe com esse mesmo entusiasmo.

Na primeira visita, Castelo não teve oportunidade de falar nada, pois o diretor seguiu falando ao longo de quarenta minutos, ora sobre a função do espetáculo no mundo dominado pelo capital, ora sobre a maneira como concebia a utilização dos figurinos das suas peças. Castelo não disse nada, mas logo descobriu que não era necessário, pois Benini havia simpatizado com ele e disse que, sendo amigo de Flávio, já podia se considerar parte do grupo.

Estavam em fase de ensaios. O espetáculo da vez era um drama chamado *A Medeia de Volta Redonda*, que fazia uma releitura da tragédia grega, aproximando o texto de Eurípides da rotina de operários na Companhia Siderúrgica Nacional.

"A tragédia elevada e a tragédia popular", explicou Benini. "O sofrimento universal contido na dramaturgia clássica e o sofrimento particular do povo pobre no mundo subdesenvolvido, as duas coisas em rota de colisão para revelar uma terceira coisa, e que coisa é essa?, a gente se pergunta e finge não saber."

Como já havia ocorrido no filme em que trabalhava o amigo de Flávio, o elenco já estava fechado. Benini, entretanto, fez questão de inventar um novo personagem especialmente para o ator recém-chegado. Sem pensar duas vezes, o diretor comunicou a Castelo que dali em diante ele seria o operário Walter, um jovem cheio de sonhos que passava dez horas por dia na linha de montagem em contato com aço fumegante e substâncias perigosas.

Castelo dedicou os primeiros dias a compreender melhor a rotina do Arapuca. Faziam diferentes exercícios pelas manhãs, incluindo postura e respiração, depois ouviam Benini palestrar sobre algum tópico da sua escolha, que tanto podia ser a União Soviética quanto discos voadores ou espiritismo. Havia dias em que Benini se concentrava na produção de um dramaturgo em particular e ocasiões em que fazia relatos da infância em Rio Claro e Piracicaba. Tiravam um intervalo para o almoço e logo depois repassavam o texto. Nesses momentos, Benini fazia questão de intervir nas leituras e modificar as palavras que ele próprio havia escrito. Inventava cenas e matava personagens conforme ditava seu humor. Às sextas-feiras, faziam um ensaio geral com as mudanças acumuladas ao longo da semana. Passavam os dias enfurnados na sede do Arapuca, cuja estrutura precária fazia jus ao nome da companhia teatral.

Castelo não entendia muito bem a dinâmica estabelecida entre diretor e elenco, sobretudo porque todos pareciam dedicar o máximo de horas possível às atividades do teatro. Logo compreendeu que, a exemplo dele próprio, Geraldo Benini vinha de uma rica família de fazendeiros do interior paulista e que ajudava financeiramente boa parte dos intérpretes, sendo que alguns inclusive dormiam nos camarins improvisados do teatro.

O elenco do Arapuca era composto de doze pessoas e, pouco a pouco, o jovem Castelo foi se aproximando de alguns dos novos colegas. Saíam para beber cerveja e comer petiscos às sextas-feiras, depois do ensaio geral. Castelo e Flávio iam sempre, na maior parte das vezes acompanhados de outros três integrantes do elenco. Havia Joana, uma jovem de voz gentil que interpretava a Medeia com perturbadora leveza. Havia Getúlio, "o bom Getúlio", como gostavam de chamá-lo, o ator negro que interpretava Jasão, o operário casado com Medeia. Era mineiro e, a pedido do próprio Benini, fazia questão de reforçar ainda mais o sotaque quando estava em cena, conferindo ao Jasão operário uma aura caipira. Heitor, que interpretava o seu Creonte, o gerente da fábrica, era um ator calvo e corpulento que se entregava totalmente às extravagâncias de Benini. E havia também um sexto integrante da comitiva: Dirceu, um estudante de jornalismo fissurado em teatro. Ele não fazia parte do Arapuca, mas tinha muito interesse pelo trabalho do grupo. Tanto que costumava aparecer todas as sextas-feiras para sentar-se na plateia e assistir aos ensaios.

Dirceu parecia saber de tudo o que acontecia no teatro brasileiro. Quando se conheceram, ele mencionou já ter ouvido falar em Castelo e na boa recepção de *Três dias e quatro noites*, a comédia que ele protagonizara por duas temporadas em

Porto Alegre. Nas saídas de sexta-feira à noite, Dirceu opinava sobre os ensaios e todos respeitavam o que ele dizia. Era magro e usava uns óculos enormes de armação preta. Apesar de franzino, exercia algum tipo de autoridade no grupo. Na hierarquia do Arapuca, os comentários de Dirceu só estavam abaixo do próprio Benini e de suas palestras inflamadas. Ele parabenizou Castelo por fazer tanto com um papel tão pequeno, dizia que Benini deveria inclusive aumentar sua participação na peça.

"Foi um momento importante na minha formação", explicou Castelo para mim e para Guilherme. "Eu tinha uma experiência de mundo bastante provinciana. Só agora que eu estava descobrindo, em pessoa, como a produção cultural daquela época era efervescente. Aproveitei que o Dirceu sabia tudo e fiz com que ele me levasse ao teatro. A gente viu muita coisa, peças do Augusto Boal, do Nelson Rodrigues, do Zé Celso. No cinema também, coisas daquela época, os filmes do Godard, do Antonioni, do Glauber Rocha. E a gente conversava bastante. Sobre teatro, mas também sobre política. Porque era importante compreender o papel da arte brasileira naquele momento da história."

Castelo baixou a cabeça e fez outra pausa. Dois segundos ou três, mas logo em seguida ergueu o olhar faiscante na nossa direção.

"Eu não era um cara engajado. Sabia o que estava acontecendo, entendia que o país estava numa ditadura, mas não é como se eu me preocupasse muito em fazer alguma coisa. Apesar de conviver com figuras tipo o Benini, de saber o que era marxismo, eu não tinha envolvimento direto com nada disso."

De qualquer maneira, ele e Dirceu ficaram amigos. Por isso mesmo, Castelo estranhou quando, no último ensaio, poucas horas antes da abertura de *A Medeia de Volta Redonda*, constatou que a plateia estava vazia.

"Por uns dois ou três meses, o Dirceu foi a única pessoa na plateia", disse-nos Castelo. "Eu tinha me acostumado a atuar para ele, pensando nele. Durante o período de ensaios, ele era minha audiência. Aí chego no último ensaio e ele não está lá. Achei esquisito."

A peça iniciava com um breve monólogo em que o seu Creonte comentava a produtividade dos operários e festejava a aquisição de novas máquinas. No último ensaio, Heitor deu tudo o que pôde. Sua cabeça larga subia e descia a cada frase, suas mãos rechonchudas gesticulavam ferozmente a cada menção da palavra "engrenagem". Ao fim do monólogo, ouviram uma série de batidas na entrada do teatro. Já estavam habituados a ensaiar sob a cacofonia das obras na praça Roosevelt, mas essas batidas não se pareciam em nada com as marretas e britadeiras que castigavam a via pública.

"Eram batidas que carregavam uma *intenção*", explicou Castelo, erguendo um punho cerrado em frente ao rosto.

Benini já se encaminhava para a frente do teatro quando cinco homens armados irromperam na plateia. Um deles, o delegado, dizia:

"Acabou o espetáculo, pode fechar, tá todo mundo preso!"

Elenco e diretor foram algemados e conduzidos à calçada, onde duas viaturas aguardavam. Os policiais fecharam o teatro e enfiaram os artistas na parte traseira de cada uma das duas Chevrolet Veraneio. As viaturas deram partida. Seguiam rápidas pelo trânsito, acelerando nos semáforos e dobrando curvas sem reduzir a velocidade. Amontoados uns em cima dos outros e sem poder utilizar as mãos, os integrantes do Arapuca não tinham controle dos próprios movimentos. Castelo ficou espremido debaixo de Benini e em vários momentos bateu a cabeça no chão da carroceria. Às vezes, olhava para cima e notava que o diretor estava pálido e que seus olhos pareciam ocos. Fascistas, murmurava Benini, malditos fascistas, ele repetia, agora privado do prazer verborrágico dos seus monólogos entusiasmados. O caminho era interminável. Castelo não sabia dizer quanto tempo haviam passado ali dentro, suando

36

e sendo sacudidos pelas ruas de São Paulo, os pulsos lesionados em constante fricção com o aço das algemas.

"Deve ter durado uns quarenta minutos", disse ele. "Por baixo."

Quando enfim chegaram à delegacia, estavam desgrenhados e fediam a suor. Quem fichou Castelo foi um policial de bigode tingido.

"Eu lembro da cara dele até hoje."

Castelo foi levado a uma sala de interrogatório, onde ficou duas horas sentado à espera de algum sinal. Quando enfim o delegado apareceu, fez diversas perguntas sobre a peça, sobre os temas da peça, sobre o diretor e o elenco. Fez perguntas sobre Castelo, sua família, sobre as razões para ter saído do Rio Grande do Sul. Perguntou se Castelo alguma vez já tinha disparado com armas de fogo, se conhecia alguém proveniente de Cuba, se tinha contatos na União Soviética, se costumava ler determinados autores e se falava o idioma russo. Pediu sua opinião honesta sobre o Brasil, perguntou a Castelo se ele se considerava um patriota, comentando que é impossível para um sujeito ser fiel a duas bandeiras quando uma delas é vermelha. Perguntou se Castelo acreditava em Deus, se frequentava a missa, se tinha uma namorada ou era bicha.

"Não lembro de absolutamente nada do que respondi nesse dia. Lembro das perguntas, mas não das respostas. Não entreguei ninguém, afinal eu não tinha nada para entregar, mas fiz o possível para me livrar da situação."

Castelo foi levado a uma cela, que dividiu com Heitor e o bom Getúlio. Não trocaram uma palavra sequer. Trinta e seis horas depois, foram todos liberados, sob a condição de não encenar *A Medeia de Volta Redonda*. Mais tarde, Castelo viria a descobrir que alguns dos seus colegas haviam sido ameaçados de morte e passado por sessões de tortura física: Benini e o bom Getúlio tinham levado socos no estômago e sido agredidos com pedaços de pau, enquanto Joana teve os cabelos puxados e a roupa rasgada. Os policiais haviam passado a mão no seu corpo.

"Eu estava puto", disse Castelo. "Puto comigo mesmo, pra falar a verdade, mais até do que com a polícia. Sabe por quê?"

"Por quê?", perguntei.

"Porque eu entendi tudo. Lembra do Dirceu? Ele era um espião. O teatro? O cinema? Nossa amizade? Tudo não passava de arapongagem. E, de fato, eu nunca mais vi o Dirceu depois disso. Os anos se passaram e, vez ou outra, em cima do palco, eu ainda tenho a impressão de que ele está lá, na plateia, me observando. Sinto que aprendi uma lição com tudo isso."

"Qual?", perguntei.

Sem olhar para mim, Castelo procurava uma forma de elaborar com palavras a lição aprendida.

"Nós, que somos artistas. O que a gente faz é algo que vem de um lugar muito íntimo. É algo que fascina os outros e esse fascínio nos fascina de volta. E é preciso ter cuidado com isso. Muito cuidado com nossa audiência. As pessoas se aproximam de nós e a gente nunca sabe quais são as verdadeiras intenções por trás disso. Foi isso o que eu aprendi: desconfiar da audiência. Sempre."

6.
Diversas possibilidades de um gesto

Agora, Castelo estava ali, interpretando um personagem que eu mesmo havia criado. Imaginei viajar no tempo e dizer ao Felipe de nove anos que dali a duas décadas estaria num balneário uruguaio, bebericando café de um copo descartável na companhia de Paulo Roberto Castelo. Quando me viu, sentado ao lado de Frankito, o ator bateu palmas devagar.

"O autor, o autor", dizia ele, num sorriso cândido. "Como foi a viagem?"

"Foi tranquila", respondi. "Estão te tratando bem?"

"Melhor impossível."

Observados por Frankito, seguimos falando de *Aves migrantes*. Castelo dizia que tentava trazer para Ulisses algo do Macbeth que vinha interpretando no Rio. Dizia que via algo da paranoia de Macbeth em nosso protagonista, ainda que bem mais contido. Era uma raiva latente e uma paranoia oculta, explicava Castelo. Havia diferenças, muitas, é claro, sobretudo no ritmo da encenação. O teatro tem outro tempo, o tempo do tempo. No teatro não dá para repetir vinte vezes o mesmo gesto de se jogar um chapéu pela janela, como havia feito nas últimas duas horas. Não dá para gritar oito vezes com o espelho, em cada tomada mudando a entonação de uma palavra, dizendo covarde mais devagar ou mais rápido.

Atuar para o cinema, dizia o veterano, era como encenar as diversas possibilidades de um gesto que no teatro adquiriam uma dimensão definitiva. Quem tem a última palavra é a montagem, pois é na montagem que se definem os gestos que aparecerão na tela.

Castelo continuou divagando por mais cinco minutos, e eu ouvia tudo sem dizer nada. Sempre achei interessante a maneira como os atores falam do seu trabalho, da consciência que têm das suas palavras e ações, de como usam o corpo para manifestar as nuances mais secretas de uma história. Para mim, era óbvio que não havia nada em comum entre Macbeth e nosso Ulisses e que Castelo estava viajando quando falava isso. Ao mesmo tempo, era legal ouvi-lo falar tudo aquilo. Era um roteiro meu, afinal de contas, e, por mais que ele estivesse falando absurdos, eu me sentia lisonjeado. Novamente me imaginei voltando no tempo, dizendo ao Felipe de nove anos: daqui a duas décadas você vai ouvir o Tião Carrapato falar de Shakespeare e de uma história que você escreveu. E, mesmo não tendo raciocinado sobre as particularidades da omissão ou distorção de informações ao estabelecer contato com versões pretéritas de mim mesmo, eu provavelmente não mencionaria que ele vai dizer um monte de coisas sem sentido. É preciso alimentar a esperança, afinal de contas. É necessário manter vivo o mistério.

Fernanda interrompeu a palestra de Castelo e minhas divagações:

"Frankito, precisamos de ti."

Ele nem esperou que Fernanda terminasse de falar. Assim que ouviu seu nome, Frankito levantou e se despediu de mim com uma mesura, oferecendo a mesma despedida, ainda que bem mais cerimoniosa, a Paulo Roberto Castelo. Assim que Frankito nos deixou, Castelo ocupou a cadeira agora vazia.

"Esse cara", disse ele apontando para Frankito. "Esse cara é maluco."

Apenas concordei com a cabeça e soltei um risinho abafado pelo nariz. Castelo desviou o olhar de mim, agora se concentrava em observar a movimentação do set. Pessoas iam de lá para cá e eu tentava identificar aonde afinal haviam levado Frankito. Passaram-se uns dez minutos e apareceu um rapaz de cabelo tingido de azul. Era um dos inúmeros segundos ou terceiros assistentes disso ou daquilo, um dos muitos estudantes de cinema que ocupavam uma posição no filme em regime de estágio. Devia ter uns dezoito anos. Estava muito apressado e agitava uma prancheta na mão direita.

"Em cinco minutos, a gente vai começar a rodar a cena da queda", disse ele. "Se vocês quiserem acompanhar."

Castelo se levantou na hora e esfregou as palmas das mãos.

"Eu não perderia isso por nada."

Castelo e eu nos aproximamos do semicírculo de pessoas ao pé da escada. Um dos assistentes pediu silêncio e vi que Guilherme conversava com alguém, indicando a escada, indicando o chão, mostrando com as mãos como funcionava a gravidade, girando o indicador como se sinalizasse uma roda em movimento. Vi que a pessoa com quem ele conversava vestia o mesmo figurino de Paulo Roberto Castelo, ainda que em tamanho menor. Um pequeno terno cinza. Era Frankito, que se virou em nossa direção e acenou para Castelo com um sorriso malicioso. Castelo fez positivo com os polegares e vibrou sem dizer nada, limitando-se apenas a expor os dentes branquíssimos em sinal de incentivo. Pediram silêncio mais uma vez e Frankito subiu as escadas, estacionando no andar de cima.

Quando Guilherme disse ação, Frankito irrompeu nas escadas, correndo uma caótica maratona. Dez degraus antes da escada terminar, se jogou no ar, deu com o ombro direito num degrau e bateu a cabeça no corrimão de ferro, emitindo um sonoro estalido. Veio rolando escada abaixo e aterrissou aos pés da fotógrafa de São Paulo. Guilherme disse corta.

"Como está, Frankito?", perguntou Guilherme.

"Tranquilo, tranquilo."

"Podemos fazer mais uma? Una más?"

"Una más, mi director!", gritou Frankito, saltando no ar e se pondo de pé como se nada tivesse acontecido.

Guilherme gritou ação de novo e, mais uma vez, Frankito se jogou das escadas, dessa vez não no ar, mas direto no chão, dando com as costelas nos degraus e caindo em cima do braço direito, chutando por acidente o tripé em que a câmera estava afixada. Um dos assistentes de fotografia disse que a tomada não valeu, afinal Frankito interferiu na posição da câmera.

"Lo siento, mi director!", disse Frankito, levantando-se mais uma vez e correndo escada acima.

Guilherme olhou para os lados e confirmou com a equipe de câmera que haviam restabelecido a posição correta. Novamente disse ação e Frankito dessa vez saltou das escadas no segundo andar mesmo. Deu com a cabeça na parede e descreveu três voltas completas ao redor do próprio eixo, curvando os membros em ângulos impossíveis como se fosse um daqueles bonecos usados em testes de colisão. Quando aterrissou no corredor, deu com o rosto nos ladrilhos e permaneceu imóvel. Alguém interveio na cena, trazendo um saco de gelo, que Frankito pôs no nariz.

"Bien, mi director?", perguntou Frankito.

Guilherme observava a cena se repetir na telinha do monitor.

"Un poco, hm, exagerado", disse ele. "Sem cambalhotas, bueno?"

"Cambalhotas?"

"Volteretas", disse alguém mais atrás.

"No querés las volteretas?", perguntou Frankito a Guilherme.

"No, no las quiero. Sólo rotaciones, talvez. Las volteretas no las quiero."

"Bien", gritou Frankito, jogando para longe o saco de gelo e se pondo de pé.

"Não quer fazer uma pausa?", perguntou Guilherme.

"No!", respondeu Frankito. "No ahora que la sangre circula en mi cuerpo."

Com o sangue circulando no corpo, Frankito se tornava uma força incontrolável. Ricocheteava de um lado para o outro como se fosse uma bolinha de borracha. Em vez de cansá-lo, a sucessão de quedas parecia estimular ainda mais sua predisposição acrobática, de modo que Guilherme precisava orientá-lo gentilmente a tornar seus movimentos mais orgânicos. Repetiram mais três vezes a mesma tomada, incluindo pequenas variações em que Frankito caía antes ou depois do décimo degrau, batia ou não a cabeça na parede, dava ou não com os pés no corrimão, se estatelava de costas ou aterrissava de boca no chão. Concluído esse segmento da cena, transportaram os equipamentos para o andar de cima, de modo que agora filmassem a queda de Frankito do ângulo oposto, em plongée. Vi, através de um dos monitores, que agora era como se Frankito brotasse da câmera e despencasse nos degraus.

Assim, continuou se arremessando em outras sete tomadas, sempre com a mesma disposição. A cada vez que Frankito rolava escada abaixo, Paulo Roberto Castelo me dava um tapa ombro e dizia ui. A certa altura, numa queda especialmente violenta, Castelo não disse ui, mas disse ai.

Na hora do almoço, sentei-me com Guilherme num dos bancos de concreto espalhados no pátio do condomínio. Comíamos nossas marmitas, ele com a voracidade operária de quem passou a manhã inteira resolvendo problemas no set. Eu comia devagar, espaçando as garfadas, ouvindo os relatos que Guilherme fazia das dificuldades que enfrentaram nos últimos dias, incluindo aí um carro da produção que atolara a caminho de Pedrerita, uma queda de energia que atrasou a terceira diária e, meu deus, a intempestividade de certas pessoas, disse ele revirando os olhos, certas pessoas. Guilherme comia e falava com impressionante rapidez.

Como eu não estava habituado ao cotidiano do set, nada disso me preocupou. Guilherme seguia reclamando de boca cheia, mas eu não conseguia parar de pensar nas acrobacias de Frankito. Guilherme terminou de comer e depositou o recipiente de isopor vazio em cima do banco, entre nós. Levou uma garrafa d'água aos lábios e, fechando os olhos, bebeu quase metade do conteúdo. Eu mastigava um pedaço de carne, mas afinal perguntei:

"E o Frankito?"

"O que tem ele?"

"De onde saiu o Frankito?"

"De onde saiu o Frankito?", ele repetiu. "Essa é uma boa pergunta."

Guilherme contou que, por alguma razão, nunca tinha percebido como eu tratava meus protagonistas. Eu gostava de fazer com que sofressem, submetendo-os a obstáculos físicos e dificuldades absurdas. Mencionou outro filme que escrevi, o curta-metragem *Relógio de sol*, em que o protagonista acidentalmente se deita numa cama cheia de alfinetes.

"Felipe, tu é um sádico."

Com *Aves migrantes*, o caso não era outro. Tem a cena em que Ulisses cai das escadas, a cena em que é derrubado por um louco enfurecido, a cena em que é atingido pelo galho de árvore podre, a cena em que leva um choque ao desmontar um possível aparelho de espionagem, a cena em que se corta ao procurar uma faca na gaveta, a cena em que salta sobre um riacho e quase despenca na margem. E, claro, a cena final em que, fugindo de inimigos provavelmente imaginários, avança numa estrada deserta e bate o carro num poste, deixando seu destino uma incógnita para o espectador.

Guilherme esclareceu que nunca havia precisado de um dublê antes, que a própria noção de dublê, entendida no padrão hollywoodiano, ainda era algo um pouco incomum no cinema brasileiro, pelo menos no *nosso* cinema brasileiro.

"Comparado com Hollywood", disse Guilherme, não sem um pouco de rancor, "o cinema que fazemos aqui é extremamente precário. Temos as ideias corretas e o conhecimento técnico, mas não temos dinheiro pra nada, tu sabe muito bem. Imagina fazer uma explosão de avião ou um salto de paraquedas, ou a colisão de dois trens, ou o incêndio de uma fábrica. Imagina se eu tivesse dinheiro nível Hollywood pra fazer esse filme, ou pra fazer qualquer outro filme que me desse vontade."

Guilherme não conhecia nenhum dublê. Explicou isso a Adriana, que disse o mesmo. Em vez de desistir, repassaram o problema à equipe uruguaia, imaginando que nada sairia dali também. Alguns dias mais tarde, porém, receberam uma mensagem de Miguel, o produtor de locações, dizendo que tinha resolvido o problema. Não um dublê profissional, esclarecia logo de cara, mas um ex-palhaço que dedicara a vida a se acidentar todas as noites em frente a uma plateia.

"Era o Frankito", disse eu.

Guilherme confirmou. Disse que Frankito vinha de uma família circense e que passara a infância viajando pela América do Sul com uma trupe chamada El Gran Circo Gitano. Ouvira do próprio Frankito que, mesmo aos sete anos, já era arremessado pelo pai e aterrissava num barril. Conforme narrado por Miguel, o produtor de locações, Frankito já havia quebrado cada um dos seus ossos ao menos uma vez. Em função disso, seu corpo dispunha de uma elasticidade ímpar, permitindo a ele que se acidentasse várias vezes seguidas sem se machucar.

"De vez em quando ele se cansa", disse Guilherme, "mas nunca por muito tempo."

Guilherme e o resto da equipe haviam chegado a Pedrerita cinco dias atrás. Assim que se instalaram no hotel, o diretor pediu ao produtor de locações que providenciasse um encontro com o ex-palhaço. Miguel organizou a reunião naquele mesmo dia. Frankito morava numa região afastada, na zona rural de

Pedrerita, onde agora cultivava grãos numa pequena propriedade. Às cinco da tarde, o outro Miguel o transportou da sua casa ao Hotel Del Mar, onde a equipe de cinema se enturmava no saguão, revendo conhecidos e se habituando aos novos rostos. Apresentado ao diretor, Frankito fez apenas uma pergunta:

"¿Qué querés?"

E Guilherme respondeu:

"Mostra tuas habilidades."

Frankito esquadrinhou o espaço com olhos de sabiá, aproximando-se de um pilar, depois se afastando e olhando para cima. Foi até a frente do hotel e voltou ao saguão, dizendo a todos que o acompanhassem. Eram trinta pessoas e todos ainda estavam meio aéreos. Tinham vindo de Porto Alegre, do Rio e de São Paulo, estavam respondendo a mensagens, comunicando aos familiares que chegaram bem, trocando histórias com os colegas. Ainda assim, seguiram em fila indiana, acompanhando Frankito como ratos atrás de um flautista, e se aglomeraram em semicírculo na calçada, sem saber bem o que acontecia. A tarde chegava ao fim e a noite se aproximava. A rua principal era invadida por um vento salgado, um minuano marinado em salmoura que fazia trincar os dentes de trás. Muitos dos profissionais, não habituados ao clima do inverno uruguaio, tremiam de frio e se abraçavam.

Frankito pediu a todos que tivessem calma. Em seguida, trepou numa viga e começou a escalar a fachada do cubo cinza, fixando os pés na parede, sabe-se lá como. Isso fez com que todos os olhos se desprendessem das telas portáteis e se voltassem para ele. Frankito seguiu em frente e alcançou uma janela do segundo andar. Prendeu os braços nas extremidades laterais da janela e apoiou as nádegas na parte inferior do caixonete. Em seguida, respirou fundo e olhou para cima. Desprendeu-se da janela e, tendo apenas aqueles dois centímetros de madeira que serviam de apoio ao traseiro, tomou impulso e se arremessou no ar de braços abertos.

Estatelou-se no chão como um personagem de desenho animado, o estúpido coiote depois de se frustrar com uma geringonça maluca. Crucificado na calçada, o queixo rente ao concreto, Frankito se manteve imóvel por alguns segundos, o tempo de provocar na equipe uma agitação mórbida, uma onda de gritos e exclamações de pavor. Frankito, no entanto, levantou-se calmamente e mais uma vez se empoleirou na viga, escalando o hotel até chegar ao terceiro andar. Apoiou-se numa janela, uma janela igual, porém três metros acima, e mais uma vez se arremessou no ar. Quando se esborrachou da segunda vez, não foi recebido com silêncio e pavor, mas com uma efusiva saraivada de aplausos.

7.
Muitas perguntas e nenhuma resposta

Entramos na salinha de reuniões ao fim da tarde para fazer um balanço do dia de trabalho. Guilherme, Adriana e os chefes de equipe. Além de mim, é claro, o roteirista, que nada tinha a ver com os assuntos discutidos ali. Adriana começou dizendo que por enquanto estavam dentro do cronograma, mas havia a possibilidade de se atrasarem, algo para o qual a experiência a ensinara a estar prevenida sempre, ainda mais quando começassem a rodar as cenas mais complexas. Pediu a todos que se mantivessem atentos a isso. Em seguida, perguntou aos colegas se estavam satisfeitos com as refeições que providenciara e a resposta foi positiva.

"Melhor almoço de set que já comi", disse o cara do som, tentando forçar um sorriso.

Adriana se virou para mim.

"E tu, Felipe? O que tu achou?"

"Estava bem boa."

"Não da comida. Da produção."

"Ah", disse eu. "Estão todos trabalhando muito bem."

"Que bom", disse Adriana, meio condescendente.

Em seguida, ocorreu uma calorosa discussão entre as paulistas Lúcia, diretora de arte, e Vanessa, diretora de fotografia. Vanessa, reticente, disse que um dos assistentes de Lúcia havia interferido na posição dos refletores. Lúcia, elevando o tom, reclamou que Vanessa não levou em consideração o espaço do apartamento e não deixou margem para a equipe de arte ao posicionar os equipamentos de iluminação.

48

Adriana interveio, dizendo que não havia razões para brigar. Pediu a elas que comunicassem qualquer problema a Fernanda, responsável por controlar o trânsito no set.

"O maior problema de um set, tirando todos os outros, é a falta de comunicação."

Guilherme rabiscava num caderno, sem dar atenção ao conflito. Quando Adriana terminou de falar com as paulistas, Guilherme se levantou e disse:

"Pessoal, tenho uma proposta."

As cabeças se viraram na sua direção.

"Vamos aproveitar que o Felipe tá aqui e dar a ele uma ponta no filme. O que vocês acham?"

"Guilherme, o que foi que eu disse?", perguntou Adriana. "Melhor não criarmos razões pra atrasar o cronograma."

"Relaxa", disse Guilherme. "Não vai atrasar nada, prometo."

"Não sei se é uma boa ideia", disse eu. "Em que cena eu entraria?"

"Inventa uma", Guilherme respondeu em tom de desafio.

Comecei a rir e Adriana comentou:

"Ai, gente, assim não dá."

"Adri", disse Guilherme, estendendo a primeira vogal como se implorasse que a mãe comprasse um brinquedo. "Uma cena, só uma. Única mudança no cronograma que vou te pedir."

Derrotada, Adriana respondeu:

"Só se a gente rodar amanhã."

"Amanhã?", perguntei.

"Amanhã vamos rodar a sequência do sonho. Acho mais fácil encaixar um elemento novo aqui do que na história, digamos, material, do filme."

"Te vira", provocou Guilherme, olhando para mim.

Conferi o celular na saída da reunião e havia uma mensagem de Natália.

"Vai fazer algo hoje à noite?", emoji piscando.

Improvisei uma resposta enquanto atravessava o corredor a caminho do saguão.

"Vou", emoji revirando os olhos. "Tenho que trabalhar."

A resposta dela surgiu imediatamente na tela:

"Que pena", emoji triste. "Qualquer coisa, estou no 306."

Observei a mensagem por alguns instantes, projetando o rosto de Natália na tristeza do emoji, querendo abraçar o rostinho amarelo e enchê-lo de carícias. Ao contrário do que eu imaginara naquela manhã, a visita de Natália não criara uma película gelatinosa entre nós. Em vez disso, havia retirado uma película que eu não sabia existir. Estávamos longe de casa, num balneário isolado, cercados pela atmosfera única do set de filmagem, uma estranha mistura de gincana e acampamento escolar, algo que também se aproximava de uma comuna hippie, de um experimento psicológico, de um quartel para militares indisciplinados, de um orfanato para crianças problemáticas. Estávamos trabalhando num local dedicado às férias, veraneando num inverno cinzento, reaproximando nossas vidas reais enquanto fabricávamos uma obra de ficção.

Éramos personagens de uma trama paralela que se desenvolvia apenas quando desligavam as câmeras. Éramos um homem triste e uma mulher entediada, talvez a combinação mais desastrosa dentre todas as desastrosas combinações das relações humanas. Era possível que estivéssemos encerrando aquele intervalo de um ano e dando início a algo novo? Que Natália tinha se cansado do ex-namorado, o atual namorado, e quisesse se relacionar comigo? Era possível que só eu estivesse pensando esse tipo de coisa, que só eu estivesse sentindo esse tipo de coisa? Entrei no elevador pensando: isso é o amor, muitas perguntas e nenhuma resposta.

O elevador subia e eu continuava pensando. O amor? Foi a palavra que brotou na minha cabeça. E, assim como brotaram as palavras "aves migrantes", indivisíveis, também essa palavra nutria uma indivisível associação a Natália, seu rosto, seu corpo, sua presença. Tentei afastar essas ideias para longe enquanto girava a chave na porta, evitando ao máximo pensar em amor, evitando ao máximo pensar em palavras. Evitando, sem conseguir, as inúmeras projeções de futuros imaginados que pipocavam no cinema particular da minha cabeça. Evitando, ou tentando evitar, enquanto era inundado por imagens e palavras imaginadas, por coisas abstratas e sensações concretas, também imaginárias. Violado pela expectativa enquanto evitava as esperanças. Isso, no entanto, também é o amor. Inevitável.

Tirei os sapatos, procurei o roteiro na mochila. Peguei a esferográfica preta e me sentei na escrivaninha, posicionada em frente à janela. Do lado de fora, uma rua vazia e alguns carros estacionados, a sombra de um vira-lata circulando ao redor de uma lata de lixo. A lâmpada amarela de um poste e a impressão de que também tudo aquilo era falso, apenas objetos de cena num filme que eu inventava para mim mesmo. Havia um interesse romântico e, crucialmente, havia eu, sentado num quarto de hotel ao fim do dia, mais sozinho que o tigre na selva. Apesar disso, eu não era um samurai. Se eu fosse um daqueles roteiristas que encharcam palestras com o pensamento mágico de um coach financeiro, poderia dizer que sou um samurai e esta caneta é minha espada. Poderia dizer que sou um tigre e este quarto de hotel é minha selva. Se eu fosse um daqueles roteiristas, os que dizem basta uma ideia foda e o mundo estará aos meus pés, poderia dizer que em breve usaria minha espada para vencer uma guerra. Mas eu não era um daqueles roteiristas, nunca fui, e muito menos um samurai.

Firmei a coluna rente ao encosto da cadeira, o mais rente que pude. O móvel mais se assemelhava a um cálice de plástico branco apoiado em quatro pernas de metal. Não oferecia superfícies retas em que eu pudesse apoiar o corpo. Mesmo o assento era uma depressão côncava, que fazia minhas nádegas se afunilarem no plástico. Para todos os efeitos, era uma cadeira terrivelmente desconfortável, que me fez lembrar da descrição vívida que Guilherme fizera ao narrar o salto de Frankito que serviu de cerimônia de abertura à produção de *Aves migrantes*. Também Frankito apoiara a bunda na superfície limitada de uma janela do segundo andar. Olhei mais uma vez para além da janela, e a rua não havia mudado nos últimos cinco minutos. Apenas o cachorro, a silhueta de cachorro, não estava mais lá. Eu ocupava um cubículo mobiliado no segundo andar do cubo de concreto.

Teria Frankito se atirado da minha janela? O que aconteceria se eu fizesse o mesmo? Esmigalharia os ossos ou sairia ileso, a exemplo do ex-palhaço? Respirei fundo e ordenei a mim mesmo que, por favor, não pensasse mais em se atirar de janelas de hotel.

Eu precisava trabalhar na sequência do sonho, criar não uma cena, mas um instante, uma pequena abertura por onde o criador se infiltraria na própria criação. Eu precisava trabalhar e estava pensando, pensando demais e em muitas coisas, que é o que acontece quando precisamos trabalhar. Fiz uma breve releitura daquelas cenas: Ulisses envolvido por cortinas pretas, procurando um jeito de escapar das trevas. Ulisses encontrando os cacos do espelho quebrado. Ulisses cansado, sentando-se numa poltrona e bebendo um copo d'água. Afastando o copo dos lábios e percebendo que está cheio de sangue. Cuspindo o sangue da boca. Ulisses surpreendido pela aparição de si mesmo. Ulisses acordando. Liguei para Guilherme.

"Tá ocupado?", perguntei.

"Não, pode falar."

"É sobre minha participação na história."

"Sim?"

"Como tu pretende filmar o momento em que o Ulisses vê a si mesmo no sonho?"

"A ideia é usar o Frankito. O Castelo sentado na poltrona e o Frankito, em cima de um caixote, uns três metros adiante, de

52

frente pra ele. A câmera observando por cima do ombro do Frankito e depois, o contrário. Plano e contraplano, muito simples."

"Hm", murmurei, desconfiado. "Minha ideia é que eu pudesse aparecer aqui, talvez como a versão mais jovem do personagem."

Guilherme riu.

"Tu te acha parecido com o Castelo? Ele tem olhos azuis e tu não."

"E por acaso o Frankito se parece com o Castelo?"

"É diferente", desconversou Guilherme. "Primeiro, o rosto do Frankito não aparece em momento algum. Depois, eu tenho todo o cuidado de filmar as cenas do Frankito com determinadas lentes e posições de câmera, de modo que não seja evidente a diferença de tamanho entre os dois."

"Eu sou mais ou menos do tamanho do Castelo. Já é alguma coisa."

"Já é alguma coisa", concordou. "Pro departamento de figurino, pelo menos."

Rimos.

"É isso", disse eu. "O figurino."

"Como assim?"

"Esse sonho é uma representação do arrependimento sentido pelo Ulisses. O espelho quebrado, que ele mesmo quebrou, um ato de fragmentação de si mesmo. Do que mais ele se livrou? O que mais ele perdeu? Do que mais ele se arrepende?"

"Ah!", ele gritou do outro lado da linha. "O chapéu!"

"Ele jogou o chapéu pela janela e o perdeu pra sempre."

"Ele gritou com o espelho, que no sonho aparece quebrado."

"Mas e o chapéu?"

"O chapéu, sim, agora quem o veste, no sonho, é essa versão mais jovem dele mesmo."

"Fazendo com que os olhos desse outro Ulisses permaneçam nas sombras", arrematei. "Por coincidência, é claro."

"É claro."

53

Deixamos ecoar esse momento, a satisfação por termos resolvido um problema, ainda que fosse um problema inventado por nós mesmos.

"Genial", disse Guilherme. "Muito bom, Felipe, isso vai ficar muito bom."

"Podemos fazer um acréscimo?"

"Diga."

"Uma jarra cheia de sangue", sugeri. "O Ulisses velho bebe um copo d'água, percebe que é sangue. Cospe o sangue, olha pra frente. Quem está lá? Ele mesmo, mais jovem, segurando uma jarra cheia de sangue."

"Sim", ele concordou, estendendo a vogal. "Faz sentido. Como se o jovem tivesse servido o sangue bebido pelo velho."

"Como se o jovem tivesse criado a ruína do velho."

"Como se a juventude inventasse as condições da desgraça na velhice."

"O ontem alimentando um terrível amanhã."

"Alimentando", disse Guilherme. "Com sangue."

"Perfeito."

"Você vai ter que fazer a barba."

Alisei a penugem escura que se espalhava pelo meu rosto. Fazia uma semana desde a última vez que tinha raspado a barba.

"Sem problemas. Tem lâmina aí?"

"Eu? Mas que pergunta!"

Guilherme tinha razão, além de uma barba enorme. Que pergunta.

"Onde posso comprar?"

"Acho que tem uma loja de conveniência aqui perto. Pergunta na recepção."

"Certo."

"Se tu puder me fazer um favor, leva a Vanessa. Ela tem que comprar cigarro, mas não quer sair sozinha."

8.
Um karaokê no distrito de Shibuya

Dez minutos depois, orientado pelas instruções da recepcionista noturna e acompanhado da diretora de fotografia Vanessa Franceschini, eu me deslocava até um posto de gasolina a seis quadras dali, o único estabelecimento do balneário que permanecia aberto depois das sete da noite nos meses de outono e inverno. Lá, disse a funcionária do hotel, encontraríamos uma loja de conveniência. Nossos passos arenosos vibravam na rua deserta e o vento frio assoviava na pele. Vanessa mantinha a cabeça baixa e as mãos enfiadas nos bolsos.

"Seu primeiro filme?", ela perguntou.

"Não", respondi. "Mas o primeiro fora do Brasil."

Demos mais alguns passos em silêncio. Percebi que devia ter retribuído a pergunta. É assim que funcionam as conversas.

"Tu?"

"Não", disse ela. "Já perdi as contas."

Existem pessoas tímidas e pessoas com dificuldades de iniciar uma conversa. As primeiras hesitam em estabelecer um diálogo porque oferecem apenas respostas curtas. As segundas, pelo contrário, falam demais, entretanto não conseguem estabelecer as condições para dar voz ao que desejam falar. Necessitam de um estímulo externo. Vanessa Franceschini, a fotógrafa de São Paulo, pertencia ao segundo grupo.

Disse que começou a fotografar na adolescência, levando uma câmera digital aos shows das bandas punk que frequentava. Ela pirava no punk rock, disse Vanessa, usando essa palavra.

Pirava no punk rock. Fazia dezenas, centenas de fotos em cada show, criando galerias imensas no seu website. Não demorou muito e uma dessas bandas, Inumanos, um conjunto que fazia música violenta e vinha de Santo André, chamou-a para dirigir um videoclipe. Foi uma loucura, disse Vanessa, mas ficou uma bosta. Foi o primeiro trabalho minimamente profissional que incluiu no portfólio. Dirigiu mais alguns videoclipes para bandas igualmente obscuras e também para rappers que vinham da periferia e que, segundo ela, faziam música muito mais confrontativa que o tradicional punk paulistano. Trabalhou de videomaker na versão brasileira de uma revista gringa. Filmava segmentos curtos que iam direto para o site.

"Aquilo foi minha escola", disse ela. "Todos os dias eu precisava entregar ao menos três minutos de vídeo. Nem tudo era bom, muita coisa ia fora."

Largou o emprego porque aceitou uma oferta absurda, feita por uma banda de heavy metal chamada Qabalah. Ela nem estava ligada na cena do metal, não sabia que o Qabalah, um grupo de quatro cabeludos de São Bernardo, fazia muito sucesso no Japão. A convite de um empresário nipo-brasileiro que trabalhava para uma companhia chamada Minami Entertainment, eles fariam agora a primeira turnê no país asiático. Vanessa passaria dois meses longe do Brasil, amontada com sete caras na traseira de uma van, visitando os equivalentes japoneses dos porões e inferninhos em que passara a adolescência.

Em Quioto, na saída de um show, foi abordada por um grupo de garotos alucinados querendo saber como era trabalhar com o Qabalah. Tentou ser gentil com os fãs, mas a verdade é que não se importava com a música do grupo. Era o trabalho dela, afinal de contas, filmar todas as noites as mesmas quinze canções executadas na mesma ordem. Poderia cantá-las inteiras se quisesse, mas não lhe diziam coisa alguma. Os caras do Qabalah até que eram talentosos. Melhor ainda, eram muito gente boa. Mas eram heavy metal, um tipo de música que ela sempre considerou excessiva.

O punk, em oposição, era elementar. Sentia falta do punk, sentia falta de São Paulo. Para aplacar esse vazio, uma solidão que até então desconhecia, passou a frequentar shows de bandas punk japonesas nos dias de folga. Ainda assim, continuava saudosa e deslocada. Com o público do Qabalah, era uma punk em meio a metaleiros. Nos shows das bandas japonesas, uma metaleira postiça em meio a punks autênticos. Mas tentava afastar essas preocupações e se concentrar no trabalho. Independente da música que tocavam, sentia que as imagens que fez do Qabalah no Japão foram algumas das mais incríveis da sua carreira.

Avistamos as luzes brancas do posto de gasolina uns cem metros adiante, bem quando a rua principal de Pedrerita dava lugar à estrada. Não havia carros, apenas um frentista solitário, sentado numa cadeira de praia, talvez cochilando, enrodilhado num cobertor. Paramos em frente ao posto de gasolina e ela puxou o celular do bolso.

"Olha só", disse ela.

Abriu a galeria e mostrou fotos de quatro caras de rosto pintado, cabelos enormes, vestidos de couro e vinil. Ela passava as fotos rapidamente, mas dava para ter uma ideia do que estava dizendo. Enormes canhões de luz vermelha projetavam sombras bizarras no fundo do palco e os instrumentos, tomados pela forte luminescência, pareciam feitos de lava. Fãs de braços erguidos na primeira fila se rendiam ao magnetismo do vocalista e ele, capturado em pleno movimento, gritava no microfone.

O último show da turnê, assim como o primeiro, aconteceu em Tóquio. Era o segundo show que o Qabalah realizava na capital japonesa em cinquenta dias, dessa vez numa casa duas vezes maior. Além do público nativo da capital, havia fãs de todo o Japão. Tinham acompanhado a turnê nas suas cidades e agora precisavam de um último adeus. Vanessa pegou o celular e passeou de novo pela galeria. Dessa vez, no entanto, abriu um vídeo: em cima do palco, a banda imersa numa tempestade apoteótica de ruído melódico. Na plateia, *headbangers* japoneses de longos cabelos negros, entregando o corpo a uma violenta convulsão coletiva. Em planos fechados, era possível ver os rostos cobertos de lágrimas e os punhos para o alto dando socos nas ondas sonoras.

Ela pausou o vídeo e disse:

"Gravando essas imagens, eu entendi o que eles estavam sentindo. E queria sentir o mesmo que eles."

O homem do posto de gasolina nos cumprimentou com o queixo e entramos na loja de conveniência. Peguei uma lâmina de barbear e Vanessa pediu uma carteira de Marlboro. Voltamos à rua e acenamos com a cabeça para o frentista friorento. Alguns metros adiante, já longe da enorme concentração de gasolina, Vanessa parou e acendeu um cigarro. Ofereceu um para mim e eu aceitei, fazendo uma cabana com a mão direita para proteger a chama frágil que o isqueiro emitia. De imediato me ocorreu que passara o dia inteiro sem fumar, algo que tinha me escapado até então. Ganhei um cigarro da recepcionista de manhã e outro de Vanessa, agora à noite. Havia algo de comovente nesse estranho laço.

Vanessa soprou uma coluna de fumaça azulada, que logo se dissipou no vento, sendo reduzida a pouco mais que umas migalhas de vapor, se afastando para longe naquele começo de noite. Retomou a história de onde havia parado e contou que, ao fim do show, os integrantes do Qabalah voltaram aos camarins, ainda extasiados. Poderiam tocar por outras duas horas. O homem da Minami, também eufórico, mostrava um punhado de revistas e jornais com artigos elogiosos aos shows da banda. Apresentou-os aos sócios, um trio de japoneses bem-apessoados e vestidos em ternos impecáveis de corte reto. Dali foram todos para um karaokê no distrito de Shibuya, onde tinham direito a um andar inteiro, cortesia da Minami. Os japoneses afrouxaram as gravatas. Logo na entrada, beberam duas doses de saquê cada um. Os músicos fizeram o mesmo, em sinal de gratidão à gentileza dos anfitriões. Em seguida, disseram à equipe de vídeo:

"Hoje vocês não trabalham. Vamos comemorar."

Vanessa e os dois colegas guardaram as câmeras nas bolsas e se juntaram à festa. Beberam saquê e pediram porções de guioza. Já embriagado, um dos executivos tomou o microfone. Sua interpretação desafinada do tema de Neon Genesis Evangelion estabeleceu o clima da noite. Aos trancos e barrancos, o baterista do Qabalah cantou "Paranoid", do Black Sabbath. Ainda bem que temos um vocalista, disse o empresário. Um dos sócios cantou Frank Sinatra: "That's Life". Serviram mais duas rodadas de saquê e o baixista resolveu fazer graça, cantando "Girls Just Want to Have Fun". A imagem de um monstruoso homem de dois metros cantando Cyndi Lauper provocou um acesso geral de gargalhadas, tendo um dos japoneses cuspido saquê na parede. Quando a música chegava aos últimos acordes, o baixista desceu do palco e estendeu o microfone na direção de Vanessa.

"Fiquei vermelha", disse ela. "Sou extremamente tímida."

Ela recusou com a cabeça, mas o baixista insistiu, sacudindo o microfone para ela. O instrumental chegou ao fim e o silêncio se instaurou no cubículo, oferecendo um inesperado intervalo à farra do grupo. Sabiam que não era possível ficar muito tempo assim. O baixista começou a gritar o nome de Vanessa enquanto batia palmas e logo todo mundo repetia o nome dela, incluindo os japoneses, com quem nem tinha conversado direito. Constrangida, Vanessa disse:

"Mas, gente, eu não sei cantar."

"Qual o problema?", disse o baterista. "Eu também não."

Depositaram diante dela um enorme catálogo de códigos e canções e, folheando página por página, Vanessa viu que não reconhecia nenhum dos caracteres. Deu de ombros, indicando que não havia como escolher, não entendia nada. Um dos japoneses viu que ela não sabia o que fazer e tomou o catálogo das suas mãos, revirando as canções do avesso, percorrendo as páginas num exercício de leitura dinâmica. Puxou Vanessa pelas mãos e a levou até o palco, deixando com ela o microfone. Orientou que esperasse e começou a programar alguma coisa na maquininha.

"Brazilian music!", gritou ele, puxando o resto do grupo das cadeiras.

Uma batida começou a soar nas caixinhas espalhadas pelo ambiente. Empresários japoneses e músicos brasileiros se levantaram, dançando e batendo palmas, envolvidos numa dança que não era punk nem metal. Vanessa reconheceu a música na hora e começou a rir. Não acreditava nos próprios ouvidos, impossível que o japonês tivesse arrancado essa música do catálogo imenso.

"Era tão absurda a situação que comecei a cantar", disse ela. "Sabe que música era?"

Dei uma tragada e fiz que não com a cabeça. Vanessa parou, deixando o cigarro entre os lábios, e começou a chacoalhar as mãos.

"Bate forte o tambor", começou ela, "eu quero é tic-tic, tic--tic, taaaaac."

Claro que Vanessa conhecia a música, afinal de contas era familiar a todo brasileiro da mesma geração. Conhecia a canção de cor e não precisava das legendas coloridas que apresentavam a letra, sobrepostas a fotografias de onças e araras, imagens de florestas e rios. Fazia muitos anos desde que a ouvira pela última vez. Passou a última década envolvida com música pesada e imaginava não ter conexão alguma com o tic-tic,

tic-tic taaaaac da Amazônia. A canção soava alienígena à sua subjetividade tão paulistana, uma cabeça ocupada por memórias de viadutos e fumaça de automóveis. Ainda assim, reencontrar essa canção no palco de um karaokê japonês, cercada por empresários e metaleiros dançando bêbados como se fossem crianças na matinê de um carnaval, isso reacendeu uma faísca no seu interior, a memória daquele país do outro lado do planeta, onde havia, para além do tic-tic, tic-tic taaaaac, uma cidade enorme chamada São Paulo. Cantou como nunca havia cantado e, antes que pudesse entender o que acontecia, percebeu que seus olhos estavam cheios de lágrimas.

"O vazio que eu sentia morreu ali."

9.
Os três Ulisses

Acordei às oito da manhã e encontrei a ordem do dia, que mais uma vez tinha aparecido sob a porta em algum momento da madrugada. Com alguma satisfação, constatei que agora meu nome estava ali, na sequência do sonho, a partir do meio-dia. Fernanda deixou uma nota, escrita a caneta no verso da página: *Carro da produção passa aqui às onze.* Aproveitei as horas vazias para tomar banho e fazer a barba. Telefonei ao serviço de quarto e pedi que me trouxessem o café da manhã. Vi o telejornal uruguaio enquanto bebia uma xícara quente de café amargo e comia um sanduíche despachado pela cozinha. Peguei o roteiro e reli o sonho de Ulisses. Na página, agora, toda essa sequência me parecia incompleta e, portanto, falsa. Íntegro e verdadeiro era o remendo que eu inventara no dia anterior com Guilherme.

Arranquei as duas páginas que traziam a descrição do sonho e, a exemplo da nota de Fernanda na ordem do dia, usei o verso de uma delas para rascunhar uma versão da cena remendada. *O jovem Ulisses segura uma jarra cheia de sangue.*

Havia algo mais? O que diria o jovem ao velho? Nada?

Vesti o casaco e desci ao saguão, onde dois funcionários discutiam futebol. Sentei-me no sofá marrom e tentei acompanhar a conversa de longe, mas não entendia nada do assunto. Estava me coçando para fumar um cigarro. Sorte a minha que Vanessa me oferecera outro quando voltamos ao hotel. Perguntei aos funcionários se tinham fogo, mas ambos responderam que não. Percorrer o hotel à procura de um isqueiro seria loucura, é claro, então voltei a guardar o cigarro no bolso e revisei a cena remendada. Nada mal para uma cena que surgira de um impulso, pensei. Um impulso de Guilherme, o de me colocar em cena.

"Te vira", disse Guilherme na reunião do dia anterior, como se orientasse uma cambalhota de Frankito. Guardei as páginas soltas quando percebi a van se aproximar.

"De guionista a estrella de cine, han?", brincou o motorista Miguel ao descer do veículo. "Una increíble historia de éxito."

Puxou a porta traseira com os dois braços, fazendo-a deslizar. Não havia ninguém ali dentro.

"Sou o único passageiro nessa viagem?", perguntei.

Ele confirmou.

"Então deixa. Vou aí na frente contigo."

Ocupei o banco do carona e afivelei o cinto de segurança. Miguel deu partida e ligou o rádio. Perguntou se eu estava com saudades de casa e eu disse que não, nem deu tempo. Notei que ele tinha usado a palavra "saudades" e disse:

"Achei que não existisse essa palavra em espanhol."

"La tomé emprestada de ustedes", ele respondeu. "Es extraño."

"Estranho nada", disse eu. "São duas línguas parejas, perfectamente posible pegar uma ou outra palavra emprestada."

"No", interrompeu ele, rindo. "En español, para se decir que tiene saudades se dice que se extraña algo. *Te extraño, mi amor*, sabés?"

"Pode crer", respondi. "Extrañar, como se o outro fosse algo que se extraviou."

Ele concordou, sem muita convicção. Talvez alguma coisa tivesse se perdido na minha comparação entre os dois idiomas. Mexeu no rádio mais uma vez e comentou que, caso eu estivesse com saudades de casa, bastava girar esses botões. Não era incomum que sintonizasse estações brasileiras na faixa de amplitude modulada, especialmente à noite. Pegou a vaga de motorista na produção durante a baixa temporada, mas costumava pilotar los autobuses de turistas que vagavam de um balneário a outro. Muitos argentinos, sabés? Transportava cargas e fazia mudanças. Adorava dirigir à noite, acompanhado pelo ruído branco do rádio. Não trocaria isso por nada, disse Miguel, com evidente sinceridade.

"Pra onde vamos hoje?", perguntei.

"Al gimnasio del Atlético", ele respondeu.

El equipo de tu peli, disse Miguel, llegó al gimnasio muy temprano e passaram a manhã inteira convertendo o lugar num estúdio, tapando as janelas e enchendo as paredes com panos pretos, unas cortinas muy raras.

"Sim", confirmei. "Nosso filme tem uma sequência de sonho."

"Tontería", respondeu Miguel. "Todas las pelis son sueños."

Visto por fora, o ginásio do Atlético Pedrerita era um galpão enorme com telhado de zinco, situado no meio da estrada. As paredes da área externa traziam mensagens de incentivo ao clube (¡Vamos, Pedrerita!), cercadas por figuras desbotadas: um jogador chutando uma bola contra o gol, membros da torcida celebrando a vitória do time, outro grupo de jogadores disputando a posse da bola. Assim que desci do veículo, Miguel me orientou a seguir adiante e entrar na primeira porta depois da bilheteria, que nada mais era do que uma janelinha gradeada à minha direita. Atravessei o estacionamento à procura de algum sinal de vida, mas só conseguia ouvir vozes distantes, emboladas, que vinham do interior do ginásio. Reverberadas naquele ambiente, adquiriam a qualidade dos gritos de torcedores, ainda que não carregassem o mesmo entusiasmo. Entrei no ginásio e perguntei a um dos assistentes onde estava Guilherme.

Melhor não se aproximar do set, recomendou o rapaz, cauteloso, indicando um emaranhado de cortinas pretas no centro da quadra de futsal. Ignorei o conselho e caminhei naquela direção.

Guilherme estava no centro do labirinto de panos pretos, ouvindo as reclamações do departamento de fotografia. Seus olhos, cansados e imóveis, pareciam não ter brilho. A posição das inúmeras cortinas, dizia o operador do equipamento de estabilização de câmera, era um obstáculo incontornável. Ficava muito difícil desviar dos panos pretos se não os enxergava, uma vez que caminhava de costas com a câmera acoplada ao torso pelo equipamento de estabilização, um colete adornado por um andaime em miniatura, em cujo topo repousava a câmera. Tal equipamento é usado para criar imagens mais estáveis, isolando da câmera os movimentos do operador. Desse processo resultam tomadas em que a câmera parece flutuar no cenário e, justamente pela sugestão onírica, o uso do aparato é comum para rodar sequências de sonho.

Guilherme sugeria que um dos assistentes desse cobertura ao homem do steadicam, abrindo caminho entre as cascatas de pano. Vinham fazendo isso desde o começo da diária, afinal de contas. Já era uma da tarde e rodavam as mesmas tomadas desde as oito da manhã. O operador, no entanto, insistia para que o departamento de arte removesse uma parcela das cortinas.

Eu procurava o momento propício para comunicar minha chegada, dizer que estava disponível para quando quisessem começar a cena. Percebi, no entanto, que essa discussão iria longe. Em vez de esperar a resolução do conflito, procurei a mesa dos lanches, que estava longe dos panos, junto às arquibancadas. Servi um copo de café e avistei Paulo Roberto Castelo, vestido de Ulisses, uns dez metros adiante, sentado numa cadeira dobrável. Ele revisava as cenas do dia, alheio à discussão que movimentava o set na quadra de futsal convertida em cenário de seus delírios: o interior da sua cabeça.

Eu me aproximei devagar, sem querer interromper o processo dele, e me sentei ao seu lado.

"Felipe", disse Castelo, exausto. "Que diazinho."

"Passei pelo Guilherme agora há pouco. Ainda estão discutindo."

"Esse cara do steadicam é uma diva. Acha o quê? Que o set é uma passarela pra ele desfilar? O cenário é o cenário, e é isso que importa. Primeiro montam o cenário, depois a gente encontra nosso lugar dentro dele."

"O que ele diz é que não tem lugar pra ele dentro desse cenário."

"Sempre tem", respondeu o ator, mudando o foco da sua atenção. "Olha você, por exemplo. Hoje o cenário é seu, hein. Ansioso?"

"Um pouco. Ainda mais porque vou contracenar contigo."

"Relaxa. Não pensa desse jeito. Pensa que você é o Ulisses e vai contracenar consigo mesmo."

Eu ri e Castelo me contou que aquele era o dia mais estressante da produção até agora. Pelo que ouvira dizer, já às seis da manhã os departamentos discutiam a posição das cortinas, e o assunto se arrastava até agora. Começaram a rodar às oito horas e logo ficou evidente que as cenas do sonho demandavam um esforço maior do operador de câmera, que precisava descrever uma complexa coreografia no cenário.

"Eu fico sentado, afasto as cortinas, esse tipo de coisa", disse Castelo. "O câmera, no entanto, precisa entrar e sair do cenário, dançar entre as cortinas, isso é parte da atmosfera da cena. É muito frustrante que ele não entenda isso."

"O quê?"

"Que é justamente a dificuldade da coreografia que estabelece a atmosfera do sonho. Eu vi as imagens que fizeram hoje cedo, antes de eu chegar. Usaram o Frankito no meu lugar e ficou sensacional."

"O Frankito está aqui?"

"Sim", confirmou Castelo. "Ele é sócio do Atlético, amigo do presidente do clube, então ficou responsável por cuidar do ginásio."

O jovem assistente de cabelo azul surgiu no centro da quadra depois de erguer uma camada de cortinas. Ele caminhava na nossa direção.

"Estão prontos?", perguntou, olhando para mim. "Felipe, tu tem que ver teu figurino. A maquiagem tá ok?"

"Maquiagem?"

"Cadê a Letícia?", perguntou para ninguém. "Letícia!", gritou para os panos.

"O câmera ainda tá puto?", perguntou Castelo.

"Vai continuar puto", ele respondeu, "mas, pelo menos, vamos rodar."

Confusa, Letícia brotou dos panos, olhando para Cabelo Azul. Era uma mulher de trinta e poucos anos e pernas muito finas, que vinham aceleradas até nós.

"Felipe, maquiagem", disse Cabelo Azul, apontando para mim e Letícia. Fiz que ia me levantar, mas logo a maquiadora interrompeu meu trajeto.

"Senta aí", disse ela, abrindo uma nécessaire. "Podemos fazer aqui mesmo."

Sentei-me de novo e ela se aproximou de mim. Tirou uma porção de frascos e pincéis do interior da bolsa.

"Não é nada demais, viu?", disse ela, dando uma pincelada na minha bochecha. "Só um pouquinho de base e pó pra evitar reflexos na câmera."

Fechei os olhos e ela seguiu acariciando meu rosto com os pincéis, aplicando uma substância de cheiro doce que invadia minhas narinas.

"Tu nem precisa de muito", disse ela. "Tua pele é boa, não tem tanta oleosidade."

"Que inveja", interrompeu Castelo. "Eu adoraria que me dissessem esse tipo de coisa."

Feita a maquiagem, Cabelo Azul me levou ao vestiário, onde o departamento de arte havia montado uma base de operações. A moça do figurino, trazida de São Paulo por Lúcia, me estendeu um cabide com uma réplica do terno cinza vestido por Castelo. Disse que eu podia me trocar no banheiro. Voltei à quadra esportiva vestido de Ulisses. Quando viu que eu me aproximava das arquibancadas, Castelo esboçou um sorriso flácido.

"Muito bom", disse ele. "Já sinto que somos a mesma pessoa."

Cabelo Azul se afastou e eu me sentei ao lado de Castelo, à espera de que, no interior do labirinto, fossem concluídos os preparativos da cena. Sem dizer nada, observei o ator reler as cenas. Como estava prestes a interpretar uma versão mais jovem de Ulisses, tentava capturar seus gestos e trejeitos, talvez do mesmo modo como, duas décadas antes, o pequeno Felipe imitava as rápidas piscadelas que eram o cacoete de Tião Carrapato. Paulo Roberto Castelo se virou para mim.

"É uma cena pesada, não?"

"Não sei", respondi. "Em que sentido?"

"O Ulisses está sonhando. Tem os cacos do espelho, a poltrona, essas coisas. Aí ele vê uma versão mais jovem de si mesmo e acorda. Por que ele acorda? Aliás, por que acordamos dos sonhos em geral? Você já se perguntou isso?" Fiz que não. "Acordamos quando a história chega a um ponto irreversível ou somos atingidos por uma forte emoção. Aqui, a história do sonho não chega a um ponto irreversível, portanto só nos resta concluir que o Ulisses é atingido por uma forte emoção. No entanto, que emoção é essa? Sinto que o Ulisses tem medo do seu jovem eu, ou sente tristeza por constatar que o tempo passou. Por isso é uma cena forte. Talvez você, Felipe, tenha escrito a cena sem saber como é isso, afinal você é jovem, talvez esteja descrevendo algo que você imagina, mas eu, eu tenho setenta anos e sei bem como é isso, a ideia de odiar um jovem eu por tomar um caminho e não outro, a ideia de que esse jovem eu é outra pessoa e não você mesmo, alguém responsável pelas suas escolhas e que te trouxe até o lugar em que você se encontra agora."

"É algo que passa muito pela tua cabeça?", perguntei. "Quer dizer, o senhor é uma pessoa respeitada. Um ator de sucesso."

Castelo riu.

"Não é algo que me ocupa os pensamentos o tempo inteiro. Do contrário, eu não conseguiria viver. Mas é impossível não pensar esse tipo de coisa, mesmo com respeito e sucesso. Você ainda é jovem, não acho que seja capaz de entender."

"Felipe!", ouvi uma voz gritar às minhas costas e me virei para trás.

Era Frankito, descendo as arquibancadas, arqueando as pernas em passos apressados. Parecia saltar dois degraus a cada movimento. Vestia o terno cinza de Ulisses e sua gravata azul. Aterrissou perto de mim e de Castelo, que também vestíamos o mesmo figurino. Nós três habitávamos a mesma fantasia. Éramos três partes que compunham o mesmo personagem, algo como Ulisses fragmentado ou uma estranha santíssima trindade.

"Hermanos", disse Frankito.

Olhei para Castelo e comecei a rir.

"Hermanos", repeti.

As cortinas se ergueram e, olhando para os lados, Guilherme atravessou a abertura.

"Alguém vem aqui!", gritou ele, caminhando até nós. "Quero tirar uma foto com os três Ulisses."

10.
Uma hora tudo se encaixa

Estava terrivelmente cansado quando voltei ao hotel. Apesar da aparente simplicidade, a cena enxertada demandou dezenas de repetições, uma vez que Guilherme se revelara um perfeccionista obsessivo e o operador de câmera continuava tropeçando nas cortinas. A cada novo intervalo entre duas tomadas, Paulo Roberto Castelo me puxava para um canto e dava sequência às suas meditações.

"O Ulisses se depara com os cacos do espelho no chão", dizia ele. "Mais tarde enxerga a si mesmo materializado no sonho, como se o reflexo tivesse escapado do espelho e estivesse ali para executar sua vingança."

Era incrível a velocidade com que as opiniões de Castelo surgiam. Ao comentar a cena, ele exaltava os mistérios do comportamento humano e concluía que o tempo tudo corrói. Falava que atuar era encarnar esses mistérios no próprio corpo. Eu concordava em silêncio, tentando demonstrar interesse pelas coisas que ele dizia. Entre uma tomada e outra, entre uma e outra palestra de Paulo Roberto Castelo, começaram a surgir pequenas variações na minha performance. Sabendo que, do meu rosto, a câmera registraria apenas do nariz para baixo, eu segurava a jarra de sangue com mais ou menos firmeza, na altura do peito ou com os braços estendidos junto ao corpo. Acrescentava ao personagem um sorriso de crueldade ou uma plenitude apática, talvez onisciente, uma expressão que se destacava na área de penumbra sob o chapéu. As tomadas se repetiam e Guilherme dizia:

"Vamos fazer mais uma."

Cheguei a perguntar a ele se eu estava fazendo algo errado. Como ator de primeira viagem, tinha certeza de que eu era o culpado pela insatisfação do diretor. Guilherme, no entanto, disse:

"Tá tudo certo. Só que ainda não chegamos lá."

"Onde é lá?", perguntei.

"Não dá pra saber agora", disse ele. "Só vamos saber quando chegarmos."

Castelo interveio na conversa:

"Felipe, você está brilhante. Continue fazendo do jeito que está fazendo, uma hora tudo se encaixa."

Não havia nada mais a ser feito, além da própria repetição. Continuamos encenando as mesmas ações por mais algumas horas, constantemente pressionados pelos assistentes do departamento de produção. Irrompiam no set de quinze em quinze minutos, tementes de que fôssemos estourar o cronograma. Guilherme os dispensava, alegando que já estávamos no fim, que a cena era coisa rápida.

Lá pela décima segunda tomada, eu já não tinha consciência dos meus movimentos e executava as diretrizes da cena sem pensar nas palavras que eu mesmo havia escrito. A cena se desenrolava com mais naturalidade. De uma hora para a outra, adquirira um tempo orgânico, já não sendo necessário que eu atentasse às deixas do meu parceiro de cena. Era isso, pensei, estávamos chegando lá. Castelo me observava por cima do ombro do operador de câmera, enquanto eu segurava a jarra de sangue pela décima quinta vez. Notei que o ator vibrava quando a câmera se aproximou da minha mão, concluindo a tomada atual.

"Chegamos lá?", perguntei.

"Lá?", perguntou Guilherme. "Não existe lá."

"Mas tu mesmo disse."

"O que eu quero dizer é que, quando chegamos, lá deixa de existir."

"Quando chegamos, lá é aqui?"

"Exatamente, meu caro Felipe. Lá é aqui."

Em algum nível, minha presença era uma invasão ao delicado território do set. Em outro, era como se estar ali fosse a coisa mais natural do mundo. Entendi que o chegar lá proposto por Guilherme era, como em tudo que diz respeito à produção de um filme, um processo de regulagem. Balancear as tendências de estranheza e naturalidade, alcançar o equilíbrio entre uma coisa e outra, de modo que eu cumprisse na cena o papel que me cabia, justamente o de um elemento estranho, porém natural, o de antagonista num pesadelo, uma projeção negativa do eu.

Entrei no quarto enquanto tirava o celular do bolso. Havia uma mensagem de Guilherme com nossa fotografia anexada. Guilherme no centro, sentado na cadeira de diretor, e os três Ulisses ao redor dele, num círculo espectral de cópias impossíveis do mesmo homem. Castelo, mais à direita, os ombros largos preenchendo o terno cinza, depois eu, um tanto desconfortável no figurino e, por fim, Frankito, um gnomo travesso fantasiado de homem, as mãos cheias de cicatrizes, espalmadas acima de Guilherme, como se lançasse um feitiço no diretor. Abaixo da foto, Guilherme escreveu:

"Hoje foi ótimo. Tu e o Castelo arrasaram. Próximo filme, tu já sabe. Vai ter que atuar de novo. Abraço."

Sentei na cama e liguei a televisão. Deixei as notícias preencherem o quarto mais uma vez. A mensagem de Guilherme era, como todo aquele dia vinha sendo, um significativo relâmpago de entusiasmo. Abri o frigobar à procura de um lanche rápido e encontrei um pacote de amendoim. Como em todos os outros cantos do país Hotel, o frigobar do meu quarto também operava na temperatura exata que mantém quentes os produtos que devem ser consumidos frios e frios os que devem ser consumidos quentes. Comecei a devorar os amendoins refrigerados enquanto bebia uma lata de cerveja morna. Reli a mensagem de Guilherme, tentando absorver uma parcela do seu otimismo. Não apenas os elogios, mas a própria ideia de que haveria um próximo filme.

Minha amizade com Guilherme não teve começo na sessão de *O samurai*. Também não ficamos amigos bebendo café ou cerveja, jogando conversa fora enquanto fumávamos sob as luzes alaranjadas da rua João Alfredo. Mesmo quando ele me enviou a mensagem no dia seguinte, ainda não éramos amigos. Éramos, naquele ponto, duas pessoas que frequentavam os mesmos espaços e tinham as mesmas conversas, os mesmos gostos, talvez os mesmos objetivos. Tínhamos diferentes índoles, porém um número suficiente de semelhanças que nos fazia pertencer a um mesmo grupo. Nossa amizade teve início enquanto desenvolvíamos *Aves migrantes*. Não em função do projeto, mas do tanto de vida que acontecia em simultâneo.

Agora, atravessávamos um período crítico da nossa indústria. Crise econômica e uma conjuntura política adversa à produção audiovisual. Era difícil enxergar um futuro. Ainda assim, Guilherme alimentava a esperança de que faríamos outro filme além daquele. Era um pensamento otimista e, portanto, inconsequente e estúpido, distante do que a realidade nos permitia imaginar. Quisera eu também ser assim.

II.
Um pássaro machucado

Guilherme perdeu a mãe pouco tempo depois de eu esboçar a primeira versão do argumento. Nosso contato frequente fez com que eu fosse a escolha óbvia para ouvi-lo e consolá-lo, ainda que em momento algum ele tenha chorado. Em vez disso, canalizou seu lamento na realização do filme, trazendo à história nuances do próprio luto. Meu namoro chegou ao fim enquanto eu redigia o primeiro tratamento do roteiro, um período delicado em que costumo me isolar num casulo de introspecção. Sabrina e eu estávamos juntos fazia cinco anos. Por quatro, dividimos o mesmo teto. Havíamos sincronizado nossas vidas no compasso um do outro e partilhávamos dos mesmos interesses.

Ela fazia plantões intermináveis na redação aos fins de semana e viajava bastante ao interior do estado para coberturas que demoravam dias, semanas. O tribunal do júri de uma mãe acusada de matar o filho, a investigação de um assalto a banco. Raramente brigávamos. Quando isso acontecia, o culpado pela briga era obrigado a pedir desculpas e, como punição, cozinhava o jantar. Em geral, ela fazia risoto de abóbora e eu, macarrão com molho pesto.

Mesmo assim, nossa história havia terminado. Perguntar-se por que é algo que não leva a lugar nenhum. As coisas simplesmente terminam e todos os casamentos são iguais quando se aproximam do fim. Subitamente, começamos a sentir que os corpos não se encaixam. As palavras do outro se tornam uma cachoeira de som desprovida de significado. Uma nuvem se instala no ambiente doméstico, a miragem do fim iminente. Ainda assim, tentamos afastá-la, imaginando que, se conseguirmos deitar à noite como duas pessoas civilizadas, então tudo estará bem. Acordamos e tudo continua igual, a nuvem abrindo espaço na sala de estar, repousando entre os livros como um gato preguiçoso. Mais uma vez estabelecemos a meta do dia anterior.

Mesmo inevitável, o fim é sempre afastado, pelo que resta de consideração ao outro ou por conveniência, o instinto de autopreservação vencendo todos os dias uma batalha diferente. O medo de um sofrimento terrível serve de alimento às sucessivas tentativas de reverter a entropia que tudo corrói.

Começamos a imaginar cenários mirabolantes em que ocorre algo de incrível e a nuvem é forçada a fazer chover sua tempestade. Reencontrar alguém do passado que nos resgatará do naufrágio, encontrar o outro na cama com um colega de trabalho. Qualquer coisa, um incidente incitante que justifique um acesso de raiva ou pavimente um estado de segurança para amortecer as ondas de pavor que, sabemos, vão nos consumir depois do término. Entretanto, nada disso acontece. Tais eventos existem nos filmes e nas histórias dos amigos de um amigo. A nuvem, ao contrário do que imaginávamos, não era um arauto de vendaval. Em vez disso, vinha largando o tempo inteiro uma garoa fina demais para ser vista, borrifadas sutis que enchem os tapetes de mofo e fazem apodrecer a madeira dos móveis. Uma neblina que se infiltra nos eletrodomésticos e embaça os vidros. Quando percebemos, finalmente, já é tarde demais.

Basta um empurrão para tudo desabar.

Quando isso finalmente aconteceu, foi porque Sabrina se sentia paralisada. Tinha a possibilidade de alguma coisa surgir, ela explicou, uma possibilidade remota. Talvez seu nome fosse indicado a uma equipe e talvez essa equipe a convidasse para integrar um projeto de jornalismo transmídia em São Paulo, dizia ela, secando a primeira lágrima. Mesmo que isso não vingasse, era o suficiente para ela perceber que estava andando em círculos. Fazia anos que Sabrina se esforçava para ser notada no mercado de trabalho. Eu sabia que, uma hora ou outra, ela iria colher os frutos desse esforço e que havia a possibilidade de que no seu brilhante futuro não houvesse espaço para mim. Ou seja, nada disso era exatamente uma surpresa. O mais surpreendente talvez fosse descobrir que ainda havia gente disposta a investir dinheiro em coisas como jornalismo transmídia.

Sabrina era uma operária da notícia. Ganhava pouco e dividia o mesmo espaço com outros trinta colegas, acumulando funções diferentes num período complicado para as redações. Fora poupada duas vezes das demissões em massa que se tornavam cada vez mais habituais. Sabia que era preciso se agarrar a uma saída antes que sua hora chegasse. Minha relação com o trabalho, ao contrário, tinha dois lados bem diferentes. Havia o roteirista de cinema, um Felipe solitário que trabalhava devagar e esperava obter algum reconhecimento. E havia o Felipe que pegava trabalhos esporádicos de publicidade, um profissional sem pretensão alguma de crescer nesse mercado, alguém que se acomodara com a elaboração de propagandas de refrigerante.

Abracei-a, enfiei algumas roupas numa mochila, desci as escadas. Mandei uma mensagem ao Pedrão, que nada podia fazer por mim. Disse que estava tocando num festival em Santa Maria, acompanhado da sua mais nova banda. Eu não tinha outros amigos a quem recorrer e logo me dei conta de que tinha dificuldades em manter amizades de longo prazo, e que o baterista de jazz era a única exceção.

Fui um adolescente bastante ativo e fiz muitos amigos nas cidades em que morei com minha família. Em algum momento depois dos vinte e cinco, no entanto, minhas amizades foram pouco a pouco se reduzindo a conversas esparsas e superficiais que normalmente ocorriam por obra do acaso. Novas amizades, então, de raras passaram a inexistentes. Além do mais, um fenômeno curioso se instalara nos últimos anos, pensei enquanto deslizava pela lista de contatos, à procura de companhia naquele fim de tarde. Boa parte dos meus conhecidos havia se mudado para outros lugares. Estavam quase todos em São Paulo, no Rio de Janeiro, em Curitiba, Dublin, Sydney, Lisboa. Se Sabrina fosse mesmo contratada pela tal equipe paulista de jornalismo transmídia, seria apenas mais um estágio desse êxodo massivo. Em muitos níveis, eu sentia que estava destinado a ficar para trás, acorrentado às ruínas da cidade que escolhi para viver. Quanto dessa solidão era culpa minha? E quanto pertencia a essa cidade em decadência que parecia implorar aos mais jovens que fugissem o quanto antes? Pois era assim que eu, naquele fim de tarde, sentado na área comum do prédio, de frente para o trânsito, enxergava Porto Alegre. Era preciso que também eu fosse embora para longe?

Imaginei que, naquele momento difícil, Guilherme poderia retribuir a generosidade que eu demonstrara quando sua mãe morreu. Quando liguei para ele, Guilherme pediu que eu o acompanhasse ao supermercado. Pus a mochila nas costas e atravessei a rua, pensando que não havia nada de estável na minha vida. Eu não tinha um emprego, apenas trabalhos. Eu não tinha uma casa, apenas habitações temporárias. Não tinha família, apenas meus pais. Por quanto tempo? Não tinha amigos, tinha contatos. Não tinha futuro, apenas projetos. A única coisa estável, pensei, era Sabrina. A partir de agora, nem isso.

Quando encontrei Guilherme, entramos no supermercado e ele não me perguntou nada. Em vez disso, passeamos de um corredor a outro em silêncio. Manteve o rosto firme enquanto pilotava o carrinho debaixo das luzes brancas, torcendo o nariz para os itens em exposição e os preços. Extrato de tomate, papel higiênico, cortes de carne bovina, alimentos em conserva. Tirava das prateleiras e suspirava ao olhar as etiquetas. Quando nos dirigimos ao caixa, ele só havia trazido uma garrafa de uísque e alguns salgadinhos. Caía a noite quando chegamos à rua. Uma chuva fina fazia os pedestres acelerarem o passo.

Apesar da chuva, seguimos caminhando até seu apartamento, que ficava no oitavo andar de um prédio na Ramiro Barcelos. Assim que entramos, Guilherme largou as compras num canto e acendeu um abajur de chão, que espalhou pela sala de estar uma cálida meia-luz amarela. O cômodo era um espaço amplo que ocupava a maior parte do imóvel. Chamava a atenção uma enorme janela, por onde se podia observar o tapete luminoso da Porto Alegre noturna. A sala também servia de depósito para a enorme coleção de Guilherme. Quatro paredes preenchidas até o teto com livros, CDs, DVDs e fitas VHS.

"Escolhe aí alguma coisa", disse ele.

"Como assim?", perguntei.

"Escolhe aí um filme pra gente ver", respondeu Guilherme, tirando dois copos de uísque do armário.

Comecei a passear lentamente pelo apartamento, espaçando os pés com cuidado em passos laterais, a cabeça inclinada para discernir os inúmeros títulos encaixados nas prateleiras. Sempre tive a impressão de que é possível compreender uma pessoa pela maneira de organizar os filmes. Quando entramos pela primeira vez na casa de alguém, isso fica ainda mais evidente. Salta aos olhos a estranheza de observar uma porção de filmes que já vimos, porém obedecendo a uma ordem que nos parece irreal. Desse modo, ao mesmo tempo que procurava algo interessante para ver, eu tentava decifrar o que a organização dos filmes me dizia sobre a personalidade de Guilherme.

Passei rapidamente por uma seção que continha uma dúzia de filmes de Robert Altman e mais rápido ainda pela obra de Ingmar Bergman. Dispensei a trilogia dos dólares de Sergio Leone e também a das cores de Krzysztof Kieślowski. Abandonei *O pagador de promessas* e os três *Jurassic Park*. Afastei a possibilidade de ver qualquer coisa de John Cassavetes e Werner

Herzog. Tampouco me senti inclinado a escolher *Star Wars*, *Os incompreendidos* e ET: *O extraterrestre*. Saltei por Woody Allen como se fosse ácido sulfúrico, não sem perceber que, naquela estranhíssima organização, Guilherme pusera os títulos do judeu nova-iorquino ao lado de uma caixa com os filmes de Leni Riefenstahl. Não era Fritz Lang ou Vsevolod Pudovkin que tratariam de suturar minhas feridas, com todo respeito aos mestres. Nem John Carpenter. Ou Alain Resnais. Estiquei o braço para observar de perto uma edição estrangeira de *Antes do pôr do sol*.

Guilherme percebeu.

"Sério mesmo?", ele perguntou, rindo.

Meio sem jeito, disse que não e recoloquei o filme no lugar. Guilherme despejou um pacote de salgadinhos numa tigela. Serviu duas doses de uísque, acrescentando uma pedra de gelo em cada copo. Colocou-os na mesa de centro. Sentou-se no sofá e tirou os sapatos.

"Não precisa ter pressa", disse ele, bebericando o uísque. "Uma hora tu vai encontrar."

Roman Polanski, não. Joe Dante, não. Agnès Varda, não. Nem Eduardo Coutinho. Lars von Trier, meu deus, mas nem fodendo. Mais adiante, *O professor aloprado* e *Vidas amargas*. Sem chances de eu escolher *A noviça rebelde* ou *Quero ser John Malkovich*. Soltei uma risada quando vi *American Pie* ao lado de *A infância de Ivan*. Aí eu o vi, algumas fileiras depois. Tomei-o em mãos e me virei para Guilherme.

"Tu tem *Ishtar*!"

"Eu tenho *Ishtar*."

Entreguei o DVD a Guilherme e ele começou a rir.

"Não acredito nisso", disse ele. "Teu casamento chega ao fim, tu tá um caco, sozinho como nunca na vida. Eu te compro uma garrafa de uísque e o filme que tu quer ver é *Ishtar*? Sério mesmo?"

Também comecei a rir e bebi o uísque.

"*Telling the truth can be dangerous business*", respondi, citando a cena inicial de *Ishtar*, que mostra os compositores interpretados por Dustin Hoffman e Warren Beatty trabalhando na composição de uma música nova.

Ishtar, lançado em 1987, é uma das maiores bombas da história de Hollywood. Escrito e dirigido por Elaine May, a comédia trata de dois compositores que viajam ao Marrocos para cantar num hotel e são envolvidos numa rede internacional de espionagem. Um filme caríssimo, considerado por muito tempo um dos piores já feitos e, ainda assim, um dos meus favoritos. *Ishtar* é um filme histriônico, uma alopração que custou cinquenta milhões de dólares e enterrou, de maneira injusta, a carreira de May.

Bebemos meia garrafa de uísque enquanto víamos *Ishtar* e eu quase engasguei na cena em que os protagonistas conduzem o camelo cego no mercado de rua de Marrakesh.

O filme terminou e Guilherme se virou para mim:

"Há quanto tempo vocês estavam juntos?"

"Cinco anos."

"E como vocês se conheceram?"

"Na faculdade."

"Sim", disse ele. "A universidade, além de um espaço de ensino, é a maior casamenteira pros bons filhos da classe média. Não quero saber onde, mas como vocês se conheceram."

Se, quando se aproximam do fim, todos os casamentos são iguais, então é no princípio que cada casamento demonstra sua singularidade. E o que pode haver de singular nas vidas comuns? Era justamente isso que eu me perguntava ao beber um gole de uísque, esticar as pernas e elaborar a resposta que daria a Guilherme. Levantei-me do sofá e expliquei que minha família era de Balneário Celeste, um pequeno município no litoral sul do estado. Disse que eu mesmo nunca estivera muito tempo lá, que meu pai era gerente bancário e passei a infância indo de cidade em cidade, para onde quer que ele fosse transferido.

"Quem controlava minha família era o Banco do Brasil", expliquei.

Quando completei dezoito anos, meu pai arranjou uma transferência para Porto Alegre, de modo que eu pudesse cursar a faculdade. Publicidade e propaganda. Comecei a frequentar os ambientes que meus colegas frequentavam. Festas, bares e shows. Até que conheci outra estudante, amiga de um colega meu. Sabrina estudava no prédio ao lado, tinha bochechas rosadas e cabelos longos que mantinha presos num coque. Tinha um blog de moda quando os próprios blogs já estavam fora de moda. Começamos a trocar mensagens todas as noites, e me causava espanto o interesse dela por assuntos tão diversos. Queria ser uma daquelas jornalistas que falam de tudo.

"Foi a primeira pessoa que eu conheci que sabia o nome de todos os onze ministros do Supremo", respondi. "Agora todo mundo sabe, mas na época não. Eu nem sabia que eram onze."

"Na época?", repetiu Guilherme. "Tu faz parecer como se fosse quarenta anos atrás."

"Faz seis anos. Era um período de estabilidade. Ninguém se importa com os ministros do Supremo num período de estabilidade."

Sabrina e eu fomos a um bar e nos beijamos. Passamos alguns dias sem saber como tratar um ao outro, depois nos beijamos de novo. E agora, tudo acabou.

"Não há nada de extraordinário em nada disso", falei. "É uma história banal."

"Claro que não", concordou, "mas é *tua* história banal."

Brindamos e ele virou o conteúdo do copo num movimento só.

"O amor é como um pássaro machucado que resgatamos na rua", disse Guilherme. "Se cuidamos mal, ele morre. Se cuidamos bem, ele voa para longe."

"Tu já foi casado?"

"Nunca."

12.
O destruidor de famílias

De uma hora para a outra, comecei a me sentir atordoado pelo noticiário local, como que vitimado por ondas invisíveis que espicaçavam meu cérebro. Peguei o controle remoto e a televisão se apagou num lampejo. Deixei que as últimas gotas da cerveja quente deslizassem garganta abaixo. Ao colocar a lata vazia na mesa de cabeceira, notei uma folha de papel largada no chão, junto à porta do quarto. Conferi o celular, eram oito e meia da noite. Estranhei que Fernanda fosse tão ligeira em organizar a próxima ordem do dia. Levantei da cama, esparramando no carpete farelos de amendoim e grãos de sal. Para minha surpresa, o papel que encontrei não era uma ordem de trabalho, mas um convite ao lazer.

"Domingo: Sem diárias. Todos convidados a visitar o sítio do Frankito. Almoço de confraternização da equipe. Transporte sai às dez."

Um dia inteiro de folga, pensei. Um dia inteiro que eu poderia passar com Natália. Era uma baita oportunidade. Com a equipe se empanturrando de comida no sítio de Frankito, Natália e eu poderíamos, juntos, tomar café da manhã no restaurante do hotel, dar uma caminhada até a praia para observar gaivotas rasgando a neblina. Passaríamos a tarde juntos, na cama, pedindo serviço de quarto. Abri a porta e, sacudindo nas mãos o convite do almoço como fazem nos filmes os meninos jornaleiros com notícias do fim da guerra, acelerei descalço pelo corredor, meus pés dando surdos pontapés nas artérias acarpetadas do Hotel Del Mar.

Cheguei esbaforido à porta do 306. Olhei para os lados, conferindo se estava sozinho, e bati duas vezes, ansioso pelo iminente intervalo na nossa clandestinidade. Abriu-se uma fresta na porta e o que apareceu ali não foi o rosto de Natália, mas os olhos de galinha do cara do som.

"Pois não?", disse ele.

Imaginei ter batido no quarto errado ou trocado os algarismos na minha cabeça. Logo, porém, Natália surgiu atrás dele.

"Felipe?", disse ela com um sorriso desconcertado. "Entra."

Entrei. O cara do som fechou a porta atrás de mim. Natália sentou-se na cama, enroscada numa bagunça de cabos de diferentes cores e espessuras, alguns gravadores e microfones, três discos rígidos externos e um notebook onde tudo se conectava. Do outro lado do quarto, em cima da escrivaninha, pratos vazios e talheres largados, copos de plástico e garrafas vazias. Seria possível que ela já estivesse vivendo sem mim o sonho de se isolar num quarto de hotel?

"Tu já conheceu o Vicente, né?", disse ela.

"Vicente", repeti. "O cara do som, claro."

Apertei a mão dele com firmeza, talvez esperando que os dedos me parecessem igualmente galináceos. Ele rangeu os dentes e se virou para trás. Pegou uma bolsa amarela que estava largada num canto do quarto e a jogou por cima do ombro. Baixou a cabeça e se virou para Natália, que parecia aguardar o encerramento daquela peculiar ocasião social.

"Só vim deixar o material de hoje", disse ele. "Até amanhã, gente. Nati, vai vendo aí, tá meio bagunçado, mas me avisa qualquer coisa."

Vicente olhou para mim de novo, erguendo a mão sem dizer nada, e se dirigiu à porta. Natália e eu trocamos olhares, reféns do tenso silêncio que se instala quando alguém está prestes a deixar um cômodo. Quando Vicente fechou a porta, senti que podia respirar novamente. Quebrei o silêncio:

"Não sabia que vocês…"

"Não", disse ela, dando um tapa no ar. "Não tem vocês. Ele só veio aqui deixar essa maçaroca mesmo. É o que eu faço todas as noites, organizar os arquivos de som."

"De outro já basta um", respondi. "O outro que, no caso, sou eu."

"O destruidor de famílias."

Brincávamos porque as piadas minimizavam a importância da relação, porque afastavam a conversa inevitável que teríamos a respeito da natureza do que havia entre nós.

"Recebeu isso aqui?", perguntei, mostrando o convite do almoço.

"Claro", ela disse. "Todo mundo recebeu."

"Eu tive uma ideia, assim que li esse papel. E vim correndo te contar."

"Eu ia mesmo te perguntar por que tu tá sem sapato."

"É por isso." Fiz uma pausa. "A gente deixa o resto da equipe ir nesse almoço e nós dois ficamos aqui, no hotel, sozinhos."

Ela riu.

"A troco de quê?"

"Um dia livre. Não vamos precisar nos esconder."

"Mas a gente não tá se escondendo."

"Não?"

"Se escondendo do quê? Se escondendo de quem? O que é que vão fazer? Me chicotear?"

Não havia me preparado para essa pergunta.

"Além disso", continuou Natália, "meu dia livre é justamente esse almoço. É diferente pra ti. Tu é um roteirista visitando o set, dando um passeio no balneário, aparecendo numa cena, trocando ideia com o elenco. Agora eu, faz uma semana que eu tô trancada aqui, trabalhando, revisando planilhas, criando pastas e renomeando arquivos. Essa é a chance que eu tenho de ver o pessoal."

"Claro", respondi. "Faz sentido."

Ela cruzou as pernas e, desenroscando uma porção de fios, apoiou o notebook no colo. Passeou os dedos rapidamente pelo touchpad e se virou para mim.

"Senta aí", disse Natália, dando tapinhas de leve no colchão como se convocasse a presença de um dócil cão de companhia.

Obedeci.

"Tá vendo tudo isso aqui?", disse ela com o dedo apontando para a tela do notebook, onde estava aberta uma pasta com dezenas de itens. "São os arquivos da tua cena. A cena em que tu atuou, é claro. O que eu tô fazendo é renomear e organizar, apontando em quais tomadas o som saiu mais limpo. Sabe o que isso significa?"

"O que isso significa?"

"Isso significa que eu preciso escutar cada um dos arquivos."

"E aí? Já cansou da minha voz?"

Ela pôs a mão no meu ombro e riu. Afinal, meu personagem não tinha nenhuma fala.

"Não é a mesma coisa. A maior parte do tempo o que eu ouço na gravação não é exatamente a voz de alguém. É uma voz, qualquer voz. A cabeça flutua para longe e eu nem presto atenção no que está sendo dito. O que importa é perceber a qualidade do que foi gravado, estar atenta ao silêncio e aos ruídos."

"Algumas coisas a gente faz no automático", respondi, apoiando um tornozelo no outro. "Uma vez eu tive essa mesma conversa com o Guilherme."

"E daí?"

"E daí que ele tinha um tio que limpava a espingarda uma vez por mês e nunca deu um tiro."

Olhei para o lado e agora Natália pegava uma bolsinha branca no chão. Com olhos expectantes, revirava os conteúdos do avesso: moedas, elásticos de cabelo, velhas notas fiscais. Achou, enfim, o que estava procurando: um baseado já pela metade.

"Quer?"

"Aqui?"

"Aham. Deixa eu te mostrar."

Natália empurrou o notebook para o lado. Pegou a cadeira da escrivaninha e arrastou até o banheiro, me chamou com a mão e eu entrei, novamente me prestando ao papel de cão obediente. Ela fechou a porta e depois encharcou uma toalha com água da torneira. Ficou de quatro no azulejo e enfiou a toalha na fresta embaixo da porta, tomando cuidado para não deixar nenhuma fresta. Posicionou a cadeira no centro do banheiro e subiu.

"Liga o chuveiro no quente."

"O chuveiro?"

"Fica tranquilo", ela disse. "Eu pesquisei na internet."

Liguei o chuveiro e, à medida que a água esquentava, o vapor foi tomando conta do banheiro. Primeiro, limitando-se a uma tênue cortina esfumaçada que se depositava no espelho. Depois, espessas camadas brancas que fizeram do cubículo uma sauna improvisada. Natália acendeu o baseado e tragou. Ergueu o braço e posicionou o baseado próximo ao pequeno exaustor, localizado no alto da parede oposta à pia. Apoiando-se na ponta dos pés, aproximou a cabeça do exaustor e soprou a fumaça. Olhou para mim.

"Sobe e faz igual."

Peguei o baseado e subi na cadeira, dando início ao ritual bizarro. Por alguns instantes tentei imaginar o que aconteceria se eu escorregasse e caísse. Eu não tinha as mesmas habilidades de Frankito. O que vi foi eu mesmo estirado no chão, a cabeça vazando sangue depois de bater na pia. Uma cena patética. Determinado a não deixar que se materializasse, dei uma tragada forte e quase tossi. Olhei para baixo. Natália estava envolvida numa coluna de vapor e sua voz se misturava ao ruído de água corrente:

"A toalha molhada impede a fumaça de passar pro quarto. Loucura, né?"

Aproximei o queixo do exaustor e deixei a fumaça escapar. Cada passo do processo me fascinava, era como se eu desbravasse novos territórios no país Hotel. Talvez o banheiro equipado para fumar um baseado pudesse ser chamado Ilha de Natália.

Ela, enquanto isso, continuava falando:

"Eu descobri isso no Reddit. Achei uma comunidade só de funcionários do setor hoteleiro."

Demos mais duas tragadas cada um e eu desabei na cama com as ideias formigando. Natália sentou-se do meu lado e passou a mão nos meus cabelos úmidos. Mais tarde, no meu quarto, eu pensaria no tanto de esforço que dedicamos a acender o baseado de forma incógnita, sendo que a cannabis já era legal no Uruguai havia quase dez anos. Talvez Natália simplesmente quisesse demonstrar os conhecimentos adquiridos na internet. E talvez eu percebesse nisso um indício de que estávamos ainda mais próximos, experimentando juntos mais um momento de clandestinidade. Naquele instante, porém, eu não pensava em nada. De olhos fechados, eu sentia os dedos de Natália acariciando meu couro cabeludo. Por fim, ela interrompeu o silêncio:

"Agora eu preciso terminar de organizar os arquivos."

"Mas já?"

"Eu quero acordar cedo amanhã."

"O almoço do Frankito."

"O almoço do Frankito."

13.
Foda-se o planeta Terra

Quando abri os olhos e pus a cabeça para fora dos cobertores engomados, a primeira coisa que vi foi uma faixa de luz branca se infiltrar na janela, através das cortinas, e se derramar na escrivaninha, onde eu havia deixado o roteiro e as páginas soltas. Empurrei os cobertores, me libertando da armadilha almofadada que nos acorrenta em leitos de hotel. Uma criatura apegada aos hábitos, eu seguia vestindo o que costumo vestir quando durmo em casa. Camiseta preta, cueca preta e meias brancas. Levantei-me com rapidez, os pelos se crispando em contato com a manhã, e abri as cortinas, dando vazão à luz matinal, que de uma simples faixa se converteu numa vasta inundação.

Meus olhos se contraíram de modo instintivo e eu tive que fazer força para abri-los de novo. O céu era uma piscina gigante, livre de nuvens, que vibrava luminescência no calçamento. Imaginei que seria um desperdício não rodar nem sequer uma cena com a luz que oferecia o domingo, mas isso não era problema meu. Voltei à cama e peguei o celular. Inacreditável pensar que eu já estava acordado às sete da manhã de um domingo. O corpo adquire um ritmo novo quando se encontra em condições diferentes daquelas a que estamos acostumados. Criatura apegada aos hábitos, claro, porém mais flexível do que se possa imaginar. Conferi se Natália estava online. Não estava. De qualquer forma, enviei uma mensagem:

"Café da manhã?"

Observei a tela por mais dois ou três minutos, esperando que ela me respondesse. Tomei banho e voltei ao quarto. Conferi o celular enquanto secava os cabelos, mas não havia resposta. Vesti uma calça de moletom preta e um agasalho de mesma cor e material. Calcei os tênis esportivos, também pretos, já planejando uma caminhada nos arredores do hotel, talvez subir a rua até a praia para observar a paisagem. Peguei o celular, mais uma vez olhando a tela só de relance, e de novo não encontrei uma resposta. Saí do quarto, desacelerando o passo de propósito, esperando que a marcha prolongada até o restaurante fosse tempo suficiente para que Natália me respondesse. Permaneci atento a qualquer vibração no bolso, mas o celular não manifestava sinais de vida. Em vez de tomar o elevador, desci as escadas.

No restaurante vazio, enchi uma xícara de café e coloquei no prato duas medialunas recheadas com queijo. Sentei-me próximo à janela e deslizei pelas notícias brasileiras que pululavam nas redes sociais. Escândalos de um governo perpetuamente escandaloso que chegava agora ao seu sétimo mês, acumulando episódios de estapafúrdias crueldade e grosseria. Que país era aquele na minha tela? Eu não me surpreenderia se Paulo Roberto Castelo um dia descobrisse que o espião Dirceu estava vivo e agora ocupava um ministério.

Quatro dias em Pedrerita e aquela era a primeira vez que eu procurava notícias do Brasil, um Brasil que parecia inexistente, por mais que eu estivesse na companhia de trinta brasileiros. Sentindo a raiva escalar o estômago, a ponto de dificultar a deglutição das medialunas, larguei o celular na mesa com a tela virada para baixo. Ainda assim, pensei em ligar para meu pai, só para saber como estavam as coisas na minha ausência. Em questão de sete anos, minha família havia passado por um ciclo de fragmentação e aglutinação. Primeiro, fui eu quem saiu de casa para morar com Sabrina. Depois, meus pais se divorciaram e minha mãe retornou a Balneário Celeste, sua cidade natal. Meu pai ficou em Porto Alegre, habitando sozinho o apartamento em que morávamos nos meus anos de faculdade. Quando Sabrina e eu terminamos, voltei a morar com ele. Meu pai nunca foi uma pessoa de trato difícil e no geral nossa convivência era pacífica. Fazia tempo que ele não ficava sozinho por tantos dias. Pensei em ligar, mas não foi o que fiz.

A porta de serviço se abriu e uma funcionária da cozinha depositou uma bandeja de ovos mexidos no bufê. Que maravilha acordar cedo num hotel, pensei, enquanto mastigava a segunda medialuna. Ainda mastigando, peguei o prato vazio e corri ao bufê. Ao pinçar os ovos para colocá-los no prato, Vanessa e Lúcia entraram no restaurante, ainda sonolentas. Serviram xícaras de café e me estenderam um cumprimento esguio, acenando brevemente com a cabeça. Sentaram-se numa mesa ao lado da porta. Voltei ao meu lugar e dei uma garfada nos ovos.

"Não reconhece mais a gente?", disse Vanessa, em voz alta.

"Eu?", perguntei.

"Sim", ela respondeu. "Pode nos fazer companhia."

"A gente não se importa", comentou Lúcia.

Recolhi as coisas e me instalei ao lado de Vanessa, que estava sentada de frente para a diretora de arte. Sussurrei um cúmplice bom-dia, talvez para aliviar a agressividade fingida das duas paulistas.

"Você deve achar que nós somos duas loucas", disse Vanessa. "Brigando nas reuniões e depois tomando café da manhã juntas."

"Nada a ver", respondi. "Na nossa área todo mundo é meio maluco."

"A Vanessa mais que eu", disse Lúcia, muito séria.

"Talvez, mas sou inofensiva", respondeu Vanessa. Depois se virou para mim. "A Lúcia é uma tirana."

"Tirana? Eu? Pelo amor de Deus, Vanessa, me poupe."

"O Felipe não conhece nosso jeito", disse Vanessa.

"Sorte dele."

Dei uma garfada nos ovos e elas recomeçaram a rir.

"Vocês se conhecem faz muito tempo?", perguntei de boca cheia, esperando lançar a conversa em outra direção.

"Uns doze anos", disse Vanessa.

"Nós moramos juntas depois que ela voltou do Japão. Ela te contou do Japão, né? Ela conta aquilo pra todo mundo."

"A Lúcia não acha graça nessa história."

"Eu já ouvi duzentas vezes, então pra mim perdeu a graça."

"O Felipe é roteirista, ele pode dizer se a história é boa ou não."

Olharam para mim como se fossem duas cientistas à espera do resultado de um curioso experimento.

"É uma boa história", respondi, "mas mesmo as boas histórias perdem a graça depois que a gente ouve duzentas vezes."

As duas trocaram olhares maliciosos.

"Uma saída elegante", comentou Vanessa.

"Você deveria ter sido diplomata", disse Lúcia.

"É exatamente isso que eu ouço dos meus pais", respondi.

Começaram a rir em voz alta e Lúcia, soltando uma espalhafatosa gargalhada com timbre de papagaio, enxugou uma lágrima em cada olho. Sem querer, eu havia entrado no jogo das duas, respondendo a um comentário mordaz com outro ainda mais venenoso. Conversas assim são os únicos instantes em que damos voz às verdades inauditas.

"Preciso comer alguma coisa", disse Lúcia, levantando-se.

"Vou ali fumar um cigarro", disse Vanessa, virando-se para mim. "Me acompanha?"

Do lado de fora, sob a marquise de concreto do Hotel Del Mar, Vanessa acendeu um cigarro e me ofereceu outro. Traguei com rapidez, sentindo que o corpo recebia uma injeção de gasolina. Agora, de cabeça leve, o sangue pulsava com mais vigor e uma tontura aérea flutuava ao redor dos meus olhos. Imaginei que o mesmo estivesse acontecendo com ela.

"A Lúcia tinha outra carreira antes de trabalhar com cinema, sabia?", disse Vanessa. "Ela é bióloga, com pós-graduação e tudo, recebeu uma proposta pra desenvolver uma pesquisa no exterior. Algas marinhas."

"Sério?"

"Sério. Começou no cinema sem nenhuma pretensão. Fez uns trabalhos pra complementar a bolsa do mestrado. Departamento de objetos em comercial, assistente de figurino em curta, esse tipo de coisa. O nome dela começou a circular de produtora em produtora e acabou que ela teve que escolher entre as algas e o cinema."

"Não acredito."

"Pergunta pra ela", disse Vanessa. "Era um trabalho superimportante. Meios para a manutenção de colônias de algas durante as mudanças climáticas. Fico pensando se eu tivesse que fazer essa escolha. Contribuir com o planeta num momento crítico ou trabalhar com cinema. Já pensou? Eu não pensaria duas vezes. Ela passou por isso e disse foda-se o planeta Terra, eu vou é fazer direção de arte em filme brasileiro."

"Se ela fica feliz."

"Alguém é feliz fazendo filme no Brasil?"

"Ainda bem que estamos no Uruguai", respondi.

Soltamos baforadas de fumaça em sincronia.

14.
Um ciclo migratório

"Vocês não morrem tão cedo", disse Lúcia, erguendo a cabeça vermelha quando nos viu voltar ao restaurante. Não estava sozinha, mas acompanhada por Natália, o que me provocou uma surpresa agradável. Minha amiga estava sentada diante de Lúcia, na cadeira até então ocupada por Vanessa, bebendo suco de laranja. Tinha o aspecto de quem acaba de sair da cama. O rosto estava inchado de uma coloração rosada que amaciava o peso dos olhos e talvez ainda fosse possível discernir as marcas do travesseiro na pele. Ela me olhava por trás dessa máscara de sonolência, reconhecendo minha presença como se eu fosse a coisa mais normal do mundo, alguém com quem estava habituada a passar todas as manhãs. Eu reconhecia os indícios de uma intimidade crescente entre nós dois

"Falando mal da gente?", perguntou Vanessa.

"É um alívio", respondeu Lúcia, "saber que nossa relação é apenas a segunda mais complicada desse set."

Mais pessoas, além de Natália, haviam descido ao restaurante nos dez minutos que Vanessa e eu demoramos para fumar os cigarros. Um grupo de cinco assistentes ocupava uma mesa próxima ao bufê e o operador de steadicam se isolara no fundo do salão. Assumindo a posição natural de dois casais num restaurante, sentei-me ao lado de Natália. Vanessa, de frente para mim, sentou-se na cadeira ao lado de Lúcia. Sem dizer nada, encostei a mão direita na esquerda de Natália. Ela inclinou a cabeça no meu ombro por alguns segundos, depois

93

retirou cabeça e mão do meu alcance. Virou o resto do suco e usou um guardanapo de papel para secar os lábios. Permaneci em silêncio observando o guardanapo usado em cima da mesa. Úmido e amassado como se fosse um pombo morto.

"Como foi que vocês se conheceram?", perguntou Vanessa.

"Eu fui a um show da banda dela."

"O Phaedra não é bem uma banda", disse Natália. "É mais um projeto."

"Um projeto", repeti. "Música eletrônica progressiva. Ela toca os sintetizadores. Um amigo me levou a um show deles e eu pirei quando vi a Natália tocando por vinte minutos seguidos, indo e voltando nas mesmas notas, controlando o timbre dos sons que as teclas emitiam. Percebi que aquilo era talento, algo insubstituível, que só ela era capaz de tocar daquele jeito, uma leveza poderosa que me fazia flutuar acima do corpo. Não foi a música que fez isso comigo. Foi a execução."

"Tu nunca me disse isso antes", comentou Natália.

"Achei que tivesse dito", respondi, constrangido. Talvez eu houvesse exagerado.

"Não dessa maneira."

Lúcia se levantou, cutucando o ombro de Vanessa, dizendo que as duas precisavam se arrumar para o almoço do Frankito. Vanessa concordou, empurrou a xícara vazia para indicar que estava satisfeita. Afastaram-se, tomando o caminho das escadas, levando com elas a camaradagem espontânea do café da manhã. Natália e eu ficamos em silêncio.

"Quer dar uma volta?", perguntei.

Seguimos pela rua principal de Pedrerita na direção oposta à da loja de conveniência, a caminho da praia. Lufadas periódicas de vento frio espalhavam areia nas pedras do calçamento e Natália me agarrou pelo braço, pressionando o corpo contra o meu. Avançávamos como um bicho quadrúpede, golpeando o ar com as mãos para afastar os ciscos dos nossos olhos. Seguíamos contra o vento, cercados pelos fantasmas de turistas que lotavam o balneário na alta temporada, especialmente durante o Carnaval. Em ambos os lados da rua, barraquinhas de artesanato resguardadas em casulos de lona, à espera do próximo verão.

Bares e restaurantes, também fechados pelos próximos meses, exibiam cardápios de milanesas, chivitos e pescados em painéis de madeira. Atrás de uma cerca de arame, passarinhos dançavam numa piscina vazia. Imaginei que Natália e eu voltaríamos a Pedrerita dali a alguns anos durante um verão movimentado, pediríamos uma porção de buñuelos de algas marinas e medialunas com doce de leite, tomaríamos uma cerveja e lembraríamos dessa gélida caminhada como o instante em que nossa vida havia se transformado.

Comecei a sentir que caminhava numa lembrança, numa futura lembrança, tentando guardar tudo que me cercava. Os passarinhos e grãos de areia, os cabelos de Natália esvoaçando no meu rosto, exalando o aroma doce do xampu oferecido pelo Hotel Del Mar. Caminhava numa lembrança, eu mesmo um resquício de inverno em meio aos fantasmas de turistas veranis, agarrado a uma Natália igualmente recomposta pelas minhas futuras memórias. Caminhávamos no inverno para semear as lembranças que colheríamos no verão.

Nuvens finas como fios de caramelo arranhavam o tecido azul do céu. Chegamos à praia. O bicho quadrúpede enfim caminhava na areia, imprimindo as marcas das suas quatro patas no chão, em dois tamanhos diferentes. Estacionamos e eu tirei os tênis. Acomodei-os numa pedra e deixei que meus pés descalços tocassem a areia fria. Natália fez o mesmo e avançamos em direção ao mar. Caminhamos na água gelada como se fôssemos cisnes pairando num lago, desviando das inúmeras pedras que se espalhavam na enseada e davam nome ao balneário. As ondas se aproximavam com violência e perdiam força à medida que chegavam à terra firme, estourando com delicadeza nas rochas, transfiguradas em jatos de espuma branca. Estávamos submersos na reverberação do marulho constante, um ruído salgado que nos inundava por dentro. À deriva nos nossos passos errantes. Porém não estávamos sozinhos.

Percebemos, uns cinco metros adiante, numa cadeira de praia fixada na areia, uma figura solitária envolvida num pesado casaco cinza de lã. Era um homem, percebi, e ele bebericava mate numa cuia esférica revestida de alumínio. Acenou para nós, dizendo buenos días, e retribuímos o cumprimento. Fomos nos aproximando e discerni sua figura, um homem idoso de pele morena e barba rala. Ele largou algo na cadeira de praia e se levantou para conversar conosco.

"Brasileños?", perguntou, gritando por cima do vento.

"Sí", confirmei.

"Quieren mate?"

Neguei, mas Natália tomou a cuia nas mãos.

"Qué hacen ustedes acá?"

"Una peli", respondeu Natália, sugando mate.

"Una peli!"

"Y él es el guionista", disse ela, apontando para mim e estendendo a cuia. Senti que não tinha escolha. Eu próprio nunca cultivara o hábito de beber chimarrão. Ao pegar a cuia, entretanto, lembrei-me da minha mãe e suas amigas sentadas em círculo ao final da tarde, passando a cuia de mão em mão, trocando fofocas e histórias. Chupei a bomba por uma fração de segundo, irrigando a boca com o líquido quente de sabor um pouco adocicado, tragando igualmente a memória de meu avô numa cadeira de praia e o cachorro deitado aos seus pés.

"Conocé a los escritores uruguayos?", perguntou nosso anfitrião.

"Borges?", respondi, brincando.

Ele reagiu levando as mãos à cabeça e rangendo os dentes, como se fosse atingido por um raio. Ajeitou os cabelos brancos e me disse que, apesar de eu estar le contando una broma, era verdad que Borges había sido um pouco uruguaio, que tenía abuelos uruguayos y que, durante a juventude, el propio Borges passou longas temporadas numa quinta da família em Montevideo. Borges, disse ele, só era argentino por conveniência. En verdad, Borges era tan uruguayo como Luisito Suárez, sólo que nasció en Argentina e não jogava futebol tão bem. Mas isso não importava, afinal tampouco Suárez era um bom escritor.

"Y usted?", perguntou Natália. "Por que estás aqui? Hace tanto frío."

"Estaba leyendo", respondeu ele, buscando o objeto que depositara na cadeira de praia ao levantar. Era um livro. "Borges", disse ele, segurando uma velha edição de *Ficciones*. Começamos a rir e ele pôs o livro na cadeira de novo. "En verdad, espero a los pingüinos."

"A los pingüinos?", repetiu Natália, espantada.

"Los pobrecitos pasan todo el tiempo viajando, viajan muchos kilómetros, y a veces llegan exhaustos acá en Pedrerita." Voltou-se para trás e se agachou, puxando um balde que estava embaixo da cadeira de praia. Mostrou para nós um punhado de peixinhos boiando no gelo. "Quieren descansar y yo soy el comité de recepción."

Contou que seu nome era Juan Pablo. Ao se aposentar, comprou uma casa à beira-mar e se instalou em Pedrerita, longe dos problemas da cidade. Aqui, descobriu que não havia muito o que fazer, além de se afundar em leituras e observar o oceano. Com o tempo, percebeu que os pinguins irrompiam exaustos do mar, por vezes desnorteados. Vagavam pela praia e se deixavam cair junto às pedras, descansando ali por várias horas antes de dar continuidade ao ciclo migratório, a caminho da costa brasileira.

Compadecido pela situação das aves, começou a frequentar a praia durante as manhãs de inverno, juntando seus dois hábitos. Enquanto lia, deixava a visão periférica atenta a qualquer

sinal de um pinguim roliço trazido pelas ondas. Já tinha aju-
dado muitos pinguins, dizia Juan Pablo. Nos seus olhos, os
bichos também eram capazes de demonstrar gratidão, dando
bicadas de leve nos tornozelos antes de regressarem ao mar.
Além disso, reapareciam ano após ano, os mesmos pinguins,
ansiosos por reencontrá-lo. Juan Pablo pegou duas toalhas e as
estendeu na areia, indicando que sentássemos ao seu lado. Não
demoraria muito para que um pinguim aparecesse. Peguei o celular e vi que já passava das oito e meia. Disse que não podíamos, tínhamos um compromisso às dez. Natália, no entanto,
sentou-se ao lado de Juan Pablo.

"Senta", disse ela para mim, sinalizando a toalha estendida à
sua esquerda. "Quero ver um pinguim."

Sentei-me ao lado dela, enfiei as mãos nos bolsos.

"Tu não queria ir ao almoço do Frankito?"

"E tu não queria passar o dia comigo?"

Juan Pablo voltou ao posto de observação. Sentou-se na cadeira
de praia, do meu lado, e repousou as *Ficciones* no colo. Tão logo
fez o mate roncar, puxou a garrafa térmica e novamente encheu
a cuia, exalando vapor esbranquiçado no ar frio da manhã de domingo. Natália abraçava os joelhos, os pés afundados na areia. Os
olhos, cheios de expectativa, estavam fixos no mar, de onde brota-
ria um pinguim a qualquer instante. Juan Pablo passou o mate para
mim e dessa vez eu o suguei longamente, apreciando com mais vigor o denso sabor terroso da *Ilex paraguariensis*. Dei um segundo
gole. Vinda de sabe-se lá onde, a voz de Humberto Gessinger começou a ecoar na minha cabeça: Verde, quente, erva, ventre, dentro, entranhas. Passei o chimarrão para Natália, imaginando que
também o Gessinger mental se afastava junto com a cuia. Com
serenidade, Natália sugou o mate sem desviar os olhos do oceano.

"De qué trata la peli?", perguntou Juan Pablo.

Deixei escapar uma prolongada vogal de ansiedade, afinal
sempre tive problemas para resumir as histórias que crio, daí

uma perpétua dificuldade em participar de eventos em que roteiristas precisam descrever os projetos em trinta segundos. Natália percebeu minha hesitação e tomou a dianteira. Disse que, em linhas gerais, se tratava de um homem solitário que, não sabendo mais onde ficava seu verdadeiro lar, voltava-se para o lugar de origem e suas memórias.

"É mesmo isso?", perguntei.

"Acho que sim", disse Natália.

"Eu vejo mais como um thriller."

"Um thriller?"

Juan Pablo esboçou um sorriso e coçou a barba.

"Es como Dahlmann y el sur", disse.

Tomou as *Ficciones* de Borges e abriu o livro nas últimas páginas, me indicando o conto "El sur". Observou as páginas de cima a baixo.

"Dahlmann sufre un accidente y se ve afectado por la experiencia. Su regreso al pasado también es algo desastroso, no ves? Dahlmann regresa al sur, pero el sur exige un sacrificio de sangre."

Ficamos em silêncio, Natália e eu. O conto de Borges não tinha nada a ver com o filme. Juan Pablo fechou o livro.

"Y qué es el sur?", perguntou-se, não esperando resposta, deixando que o ruído das ondas reverberasse a pergunta. Voltou a atenção de novo para o oceano e para a garrafa térmica, preenchendo a cuia com água quente e dando início a mais um ciclo da nossa mateada. Agora, no entanto, Juan Pablo não foi o primeiro a beber. Em vez disso, passou-o direto para mim, que aceitei a oferta de bom grado, formando um cálice com as mãos. Agarrei-me à cuia enquanto absorvia a pergunta de Juan Pablo. Por mais que ele a houvesse feito apenas para reforçar o elemento desconhecido na história de Borges, era como se a ideia de "sul" implorasse para ser desvendada.

"O sul", tentei responder, "é o lugar em que sempre nos encontramos, afinal todas as bússolas apontam pro sentido norte.

Logicamente, estamos sempre presos ao sul desse ponto imaginário. Mas, se todas as bússolas apontam pro norte, o tempo inteiro, então sempre há norte pra ser apontado, enquanto o sul fica pra trás na medida em que o percorremos. O sul é a vida ficando pra trás, é a areia se depositando no fundo de uma ampulheta."

Juan Pablo não ofereceu nenhum comentário, apenas um breve gemido de compreensão que, tão logo deixou seus lábios, se misturou ao vento e desapareceu entre os grãos flutuantes de areia.

"O sul", disse Natália, "é o ponto original de onde partimos num ciclo migratório. Sabemos que ele ficará pra trás e chegaremos a um destino. Sabemos que voltaremos ao sul e lá ele estará, nos aguardando. Nós é que teremos mudado."

"Como los pingüinos", disse Juan Pablo.

"Como los pingüinos", ela repetiu, olhando para mim com os olhos esfíngicos da profetisa de um templo ancestral. "Aves migrantes."

Sorri com a inesperada revelação e, sorvendo um gole de mate, me voltei para Juan Pablo, no intento de explicar que esse era o título do filme que eu havia escrito, o filme que estava sendo rodado no quintal dele. Parei, no entanto, na metade do caminho, a boca aberta sem emitir som nenhum. Não havia por que explicar esse detalhe. Senti que, privando Juan Pablo da informação, Natália e eu teríamos compartilhado um momento de intimidade na presença de um estranho. Cúmplices, traficávamos palavras e duplos sentidos em subterfúgios que apenas nós éramos capazes de entender. Era como se falássemos em código e desenvolvêssemos nosso próprio idioma.

Não apenas as palavras, mas também os silêncios que púnhamos entre uma e outra sílaba, a prolongação do sibilo final em "migrantes" com que Natália impunha uma possível segunda camada de entendimento. A partir daquele dia, imaginei, toda vez que Natália esticasse um sibilo, estaria me convidando para decifrar um enigma que não poderia ser dito em voz alta na presença de terceiros. Ofereci a cuia para ela, que sacou o celular do bolso e se voltou para mim.

"Já são quase nove e meia", ela disse. "Vamos?"

"E o pinguim?"

"Fica pra outro dia."

Devolvi o chimarrão a Juan Pablo, que nos dirigiu uma expressão de amigável constrangimento. Natália e eu apoiamos as mãos na areia e tomamos impulso. Ficamos em pé ao mesmo tempo. Sem cerimônia, Juan Pablo acompanhou nossa trajetória com os olhos. Sacudi a areia do corpo e me despedi de Juan Pablo, cumprimentando-o com um caloroso aperto de mãos. Agradeci pela charla e pelo mate. Algo decepcionado, Juan Pablo lamentou que os pinguins não tivessem aparecido justamente hoje, quando tinham visitantes.

"Quem sabe da próxima vez?", disse eu, olhando de relance para o mar, desejoso de que a súbita aparição de um pinguim nos impedisse de partir.

15.
A definição perfeita de lugar nenhum

Embarcar na van da produção fez com que eu me sentisse um turista pela primeira vez desde minha chegada. Até então, sentia que trabalhava longe de casa, cercado por rostos que, se não eram familiares, ao menos eram reconhecíveis o suficiente para que eu ignorasse minha própria condição de estrangeiro. E também Pedrerita, ainda que localizada em território uruguaio, continha suficientes semelhanças com as praias do sul do Brasil, de modo que apenas o idioma surgia como demarcação de territorialidade, por mais transponível que fosse, uma vez que o português e o espanhol se misturavam com facilidade nas conversas do dia a dia.

Dentro da van, no entanto, sentado ao lado de Paulo Roberto Castelo, que dormiu a viagem toda, acompanhado de outras doze pessoas no mesmo compartimento, era como se avançássemos num curioso safári pelas terras orientais, paisagens antes vistas reaparecendo em flashes nas janelas, recobertas por um verniz de exotismo. Miguel nos conduzia à propriedade de Frankito e o incessante burburinho dos meus colegas acentuava a estranheza dos lugares que eu visitara, sozinho ou acompanhado, em outros momentos daquela semana. Passamos pelo posto de gasolina e a loja de conveniência, pelo ginásio do Atlético, por um ponto da estrada de onde se podia observar, à distância, a enseada cheia de pedras onde Juan Pablo esperava seus amigos pinguins.

Tudo isso enquanto Guilherme contava histórias de filmes que tinha feito quando era um jovem estudante, enquanto a maquiadora falava de um diretor com quem trabalhou alguns anos antes e que depois se revelou um fascista, enquanto Vicente, pressionado por Guilherme, relatava como foi trabalhar na desastrosa campanha eleitoral de determinada figura em 2016.

Já tinha ouvido variações dessas conversas centenas de outras vezes, as mesmas intrigas que se acumulam de um filme para outro e que, vistas em retrospecto, se tornam anedotas contadas em momentos de ócio numa produção subsequente. Era muito provável que, dali a três ou seis meses, qualquer um ali estivesse na traseira de uma van semelhante em outra parte do mundo, contando da vez que passara algumas semanas numa praia do Uruguai, afinal essas conversas são verdadeiros lubrificantes sociais, servindo como reforço aos elos passageiros que se formam entre uma e outra equipe.

Eram as mesmas conversas das mesas de bar e das reuniões de pré-produção, as mesmas conversas de corredor nos eventos e festivais, conversas que desvelavam a fofoca como algo de grande importância entre os membros da nossa indústria. Nunca me incomodei com a banalidade desses diálogos, mas logo percebi que o ciclo de fofocas se apresentava como uma violação ao laço que eu vinha desenvolvendo com o balneário, um laço que até então eu não havia percebido, um laço que só percebia agora, justamente quando era violado. Tal laço existia, em primeiro lugar, porque Pedrerita seria, para sempre, eternizada nas imagens arquivadas em discos rígidos, o cenário de importantes sequências de uma história que eu havia criado. Pedrerita se oferecia como a materialização de uma criação minha.

Em segundo lugar, toda viagem é um processo de se adaptar ao lugar para onde se viaja, e cada processo é uma descoberta particular de elementos íntimos que nos relacionam com o lugar que visitamos.

Em diferentes níveis, eu me encontrava tanto no cenário irreal de *Aves migrantes* quanto na Pedrerita de verdade, que existia independentemente do filme. Até então, não havia processado essa distinção com tanta clareza, tomando minha estadia no balneário como uma extrapolação da história que eu tinha escrito. Somente ali, no interior da van, percebi que eram duas coisas diferentes e que assim precisavam ser tratadas. Violar meus laços com o cenário irreal era o trabalho das doze pessoas falantes que me cercavam. Afinal, utilizavam-se das suas habilidades para moldar acontecimentos que até então eu só havia descrito nas páginas de um roteiro.

Eram raras as vezes em que, encenando minhas descrições, o resultado ia ao encontro do que eu imaginava. Eu não me importava com nada disso. Mas poderiam também essas pessoas violar meus laços com a Pedrerita real? Eram reais os laços que eu sentia? Tentei me imaginar visitando Pedrerita pela primeira vez em outra ocasião que não fosse a produção desse filme, projetando nesse devaneio o que eu vinha sentindo nos últimos dias. Não era possível, concluí. Também as pessoas que me cercavam faziam parte dessa cadeia emocional, algo que, num primeiro momento, tomei como um laço estrito com o balneário, mas que se revelava algo distinto.

Natália me olhava fixo, talvez percebendo que eu não dissera uma palavra ao longo da viagem. Sem disfarçar minha exaustão, revirei os olhos e me voltei para a janela.

O veículo avançou por mais quarenta minutos, o frescor do vento salgado dando lugar a um odor estático, carregado de mato fresco e o inconfundível toque de esterco. Discerni vacas e cavalos nos campos que margeavam a estrada, sombras volumosas que nos observavam como espectadores ansiosos numa peça de teatro. Dobramos à esquerda e o carro começou a sacolejar, instigando uma gritaria entre os passageiros. Nuvens de poeira avermelhada se formavam ao nosso redor.

Como se entrássemos de súbito em território selvagem, folhas e galhos estapearam as laterais do veículo, mas não demorou muito para chegarmos a uma estradinha de chão batido. Miguel reduziu a velocidade e logo um bando de cachorros se aproximou da nossa expedição. Eram seis troncudos vira-latas de porte médio. Destemidos, os cuscos nos receberam com latidos e uivos enquanto avançavam nos pneus, línguas arroxeadas pendendo dos focinhos como gravatas de carne. Assim que a van estacionou, a meia dúzia de vira-latas estabeleceu um cerco ao redor do carro. Ouvi Miguel enxotá-los aos gritos e logo a porta correu em direção ao fundo do veículo, o rosto do motorista irrompendo no recinto para avisar que, enfim, tínhamos chegado. Cutuquei Castelo e ele abriu os olhos.

Ao contrário do que se poderia supor pela algazarra da viagem, nossa chegada foi ordeira e, como uma tropa de escoteiros, descemos um de cada vez, sem maiores comoções. Guilherme e Adriana desceram primeiro, reiterando incentivos para o resto da equipe. Olha que paisagem bonita, vamos aproveitar o dia. Quem estava ali para nos recepcionar não era Frankito, mas seu filho, Santiago, um jovem alto de vinte anos e cabelos bem pretos.

Vanessa espantou os vira-latas, que correram para os outros membros da equipe, implorando por atenção. Natália passou a mão na cabeça de um deles, o maior dos seis, de pelagem mesclada em preto e branco. Perguntou a Santiago como se chamava o cão.

"Coronel", disse o filho de Frankito. "Éste es Coronel y aquél es Soldado", indicou o menorzinho, um mestiço arrepiado. Seguiu apontando para os cachorros que montavam uma emboscada à nossa volta. "Sargento, Mayor, Capitán y Almirante."

Pisávamos num chão de terra batida, cercados por planícies esverdeadas que se estendiam em ambos os lados da estrada. Era, na verdade, uma ruazinha estreita que cortava no meio as volumosas coxilhas do pampa. Além da van que nos trouxera até ali, os únicos carros que avistei foram três ou quatro esqueletos enferrujados de modelos da década de 1970, empilhados a cem metros dali num terreno coberto de mato. Se ficássemos em silêncio, poderíamos discernir o assovio dos pássaros e o ruído elétrico de cigarras e gafanhotos. Era, enfim, a definição perfeita de lugar nenhum.

Santiago pediu que o acompanhássemos. Assim que ergueu uma das estacas fincadas no chão, abrindo passagem na cerca de arame, a tropa de cães avançou em direção à propriedade, uns embolados nos outros, derrapando na terra e desprendendo pedaços de capim. Menos violentos, seguimos calmamente atrás dos cães e descemos uma trilha inclinada que partia da estreita ruazinha e conduzia à propriedade da família.

Havia, no centro da chácara, uma casa de alvenaria com paredes cor-de-rosa marcadas pela umidade. Longas folhas de zinco esverdeado se prolongavam na parte superior da habitação, resguardando uma varanda com três cadeiras estofadas e inúmeros vasos de plantas ornamentais. Exaustos, dois dos vira-latas tinham se jogado ali, aos pés de uma das cadeiras, e agora dormitavam estendidos no concreto. Em anexo à casa da família, uma garagem, também feita em alvenaria, mas sem a demão de tinta rosada que recobria a construção principal. Ali repousava um Fusca bege, entre sacos de fertilizante e equipamentos de jardinagem. Santiago seguiu adiante, como se ignorasse a própria casa, e nos conduziu aos fundos do terreno, onde uma coluna de fumaça subia no ar e se dissolvia no vento pampeiro, espalhando o característico odor da gordura animal pingando na lenha em brasa.

Frankito, vestindo um agasalho listrado em preto, verde-escuro e cor de argila, se desdobrava em volta de uma grelha de dois andares. Segurava na mão esquerda um espeto de pau, com que atiçava a lenha ardente num cercadinho de tijolos.

Na direita, a pinça que usava para remexer as tiras de costela que assavam na grelha de cima e conferir o ponto de um corte maior na grelha de baixo. Soldado saltitava ao redor da grelha, implorando por comida. Com a pinça, Frankito pegou uma rebarba de carne malpassada e gritou:

"Mirá, Soldado!"

O cachorro ergueu as orelhas e se postou em posição de alerta, sacudindo o rabo. Em seguida, Frankito fez um arremesso com precisão olímpica. Soldado, disputando corrida com a lasca de carne, saiu em disparada, encontrando o alvo num canteiro dez metros adiante. Frankito se virou para nós, exibindo um enorme sorriso.

Aproximou-se e nos cumprimentou, um por um, dizendo que nos sentíssemos em casa e ocupássemos as cadeiras espalhadas no quintal. Santiago, que havia entrado na casa pela porta dos fundos, trouxe uma bacia com talheres e a depositou na mesa situada perto da grelha. Atrás dele vinha sua mãe, a esposa de Frankito, uma mulher sorridente, porém discreta, em cujo rosto predominavam traços indígenas. Mantinha os cabelos muito negros amarrados num coque. Roliça, parecia mais baixa que Frankito. Ao lado de Santiago, seus pais eram como duas miniaturas.

"Esta es Catalina, mi señora", disse Frankito, se virando para Guilherme. "Este es Guilherme, el director de la peli."

Sem ter muito o que dizer, Guilherme agradeceu pela hospitalidade e comentou que Frankito tinha jeito para ator de cinema. Catalina riu, dizendo que já sabia. Havia muito tempo, desde los días del circo, a Frankito le gustava montar espectáculos. Disse que precisava voltar à cozinha para fritar las papas e se retirou. Santiago também voltou à cozinha, alegando que buscaria el vino. Sentamos nas cadeiras, que formavam uma circunferência a partir da grelha, como se aquele fosse mais um dos espetáculos de Frankito e estivéssemos dispostos numa arena. Sentei-me ao lado de Castelo.

Três dos cães, incluindo o pequeno Soldado, passeavam entre os convidados, lambendo joelhos e depositando a cabeça de colo em colo. Os dois Miguéis se puseram de pé e fizeram festa para Mayor. Vanessa comentou, para ninguém em particular, que essa era a primeira vez que comeria um churrasco de verdade, entre gaúchos.

"Não é churrasco", disse Vicente. "É parrilla."

Em seguida, explicou as diferenças fundamentais entre as duas coisas. A parrilla era preparada numa grelha e assada com fumaça de lenha. No caso do churrasco, a carne era colocada em espetos, e o fogo, feito com carvão. Começou a falar dos acompanhamentos de cada preparo, igualmente diversos. Vanessa ouvia as explicações de Vicente sem dizer nada, concordando com a cabeça e trocando olhares com Lúcia. O ambiente ficou mais agradável depois que chegou a segunda van, trazendo o restante da equipe. Santiago serviu os copos de vinho e brindamos ao sucesso do filme e à saúde do nosso anfitrião.

"Que cada um aqui presente", disse Guilherme, erguendo o copo, "entenda que seu trabalho é indispensável para a realização desse filme. Fico muito feliz de ter reunido um grupo de pessoas tão talentosas, incluindo meus primeiros parceiros, Felipe e Adriana, nosso grande protagonista, Paulo Roberto Castelo, e também nossa equipe local, representada aqui pelos dois ilustres Miguéis. Frankito", disse, virando-se para o assador, que bebericava uma dose de uísque, "gracias por la invitación, por la parrilla, por tu bellísimo trabajo en la película. Gracias, Santiago y Catalina, por nos receberem en su casa. Salud."

"Salud", repetiram todos.

Catalina bebeu um gole de vinho e, não segurando o entusiasmo, exclamou:

"Paulo Roberto Castelo?"

O ator veterano despertou de um transe e, instintivamente, abriu o sorriso galante que guardava para os fãs.

"Eu mesmo", disse Castelo, erguendo a mão direita. "Muito prazer."

Catalina atravessou o quintal e o abraçou, dizendo que tinha visto Castelo em várias novelas brasileñas, incluída aquella em que ele matou a personagem de Dalva Bittencourt. Pediu a Santiago que tirasse uma foto sua ao lado de Castelo. Mais adiante, Natália punha o papo em dia com a equipe de som. Guilherme e Adriana circulavam de grupo em grupo como duas borboletas.

Não querendo ficar sozinho, decidi me aproximar de Frankito para observar o preparo da refeição. Não demorou muito, no entanto, para que também ali eu me sentisse deslocado. Havia uma intimidade na maneira com que Frankito manuseava a lenha, os pedaços de carne e, especialmente, o fogo. De modo ritualístico, suas mãos cobertas de cicatrizes controlavam o nível das labaredas em movimentos simples. Naquela tarde fria, Frankito encarnava o papel de um maestro e era melhor que assim permanecesse: sozinho e de costas para a audiência.

Atrás de mim, ouvi Castelo chamar meu nome. Quando me virei, o ator ainda conversava com Catalina e Santiago. Agora queriam uma foto em que os três aparecessem juntos. Como eu era o único integrante da comitiva que permanecia avulso, cabia a mim fazer o papel de fotógrafo. Tomei o celular de Santiago e fiz o clique, uma, duas, três vezes. Quando devolvi o celular, Santiago inspecionou as imagens de maneira apática, não demonstrando preferência por nenhuma das três versões. Agradeceu, dizendo que as guardaria no arquivo pessoal, que naquela casa registros desse tipo eram valorizados. Memórias.

"Cosas de mi padre", disse ele num sorriso tímido, olhando de canto para Frankito.

Ri sem saber por quê, talvez por não imaginar Frankito administrando um arquivo pessoal. Talvez eu simplesmente não tivesse uma resposta para esse comentário passageiro que parecia implicar algum tipo de experiência íntima do convívio familiar. Como todas as pessoas com quem interagimos ao longo da vida, eu percebia Frankito à medida que Frankito se deixava ser percebido. Para mim ele era o ex-palhaço, o arremedo de dublê, algo como uma caricatura humana altamente resistente a fortes impactos. Para Santiago, era seu pai. E que tipo de pai seria Frankito? Não quis perguntar, é claro. Santiago, porém, me perguntou se o pai tinha me falado sobre el archivo y sus cosas preciosas.

Respondi que não.

Guardando o celular no bolso, ele pediu que eu o acompanhasse.

16.
Frankito em chamas

Santiago e eu fizemos o caminho de volta, até a frente da propriedade. Ele entrou na garagem onde repousava o Fusca bege e eu seguia atrás dele, percebendo agora que, no fundo da pequena edificação, oculta pelo carro, havia uma estreita porta de madeira escura. O filho de Frankito girou a maçaneta e, com o clique de um interruptor, fez com que uma lâmpada amarelada espantasse a escuridão, revelando o cubículo na sua poeirenta integridade. Era uma salinha com estantes em todas as paredes. Acomodadas ali, pilhas de caixas e montes de papel. Não cabíamos os dois no interior do cômodo, portanto fiquei na porta, observando Santiago repassar as mãos de prateleira em prateleira, puxando velhos álbuns de fotografia. Abriu um deles ao acaso, onde se via, em caneta azul, a inscrição "Asunción, Paraguay, 1987".

Ali dentro, em imagens desbotadas, ganhava vida um jovem Frankito em pleno vigor físico, maquiado e vestindo roupas extravagantes, sendo arremessado num trampolim por outros dois palhaços. Em outra imagem, aparecia interagindo com um tigre. Folheei o álbum rapidamente e logo Santiago me passou um segundo volume, que dizia "Ponta Grossa, Brasil, 1992". Aqui, Frankito estava no interior de um carro detonado, um Fusca não muito diferente do que estava estacionado atrás de mim, onde se aglomeravam outros sete ou oito palhaços. Em seguida, aparecia caminhando na corda bamba ou equilibrando pratos numa vara. Os dois álbuns transbordavam de fotos espontâneas dos bastidores, em que Frankito aparecia se maquiando e interagindo com os colegas, talvez repassando em minúcias os detalhes do espetáculo.

Outras imagens mostravam Frankito ao lado de membros da audiência: adultos e crianças sorridentes, incapazes de disfarçar a alegria experimentada na noite de circo. Havia fotos posadas ao lado de figuras ilustres das municipalidades: padres, vereadores e prefeitos. Santiago continuava revirando as estantes e logo puxou um álbum encadernado em couro, de aparência ancestral, que dizia "Mendoza, Argentina, 1971".

Nas fotografias monocromáticas, homens e mulheres estendiam a lona do circo num terreno baldio. Viam-se jaulas com bichos, carroças e também os trailers excessivamente quadrados que serviam de moradia e camarim à trupe circense. As fotografias eram dotadas de uma espontaneidade inocente, porém exibiam o esmero profissional dedicado pelos artistas à montagem do palco. Quando, enfim, o circo aparecia de pé, adquiria os contornos de uma catedral inflável, um curioso disco voador de plástico à espera da tripulação errante.

Algumas páginas mais à frente, registros do espetáculo em si: o mestre de cerimônias paramentado com jaqueta de corte militar, luvas brancas e calça listrada, palhaços velhos com enormes girassóis na lapela e um mágico de bigode em figurino clássico, vestindo capa e cartola. Ao lado deles, um atirador de facas empunhando um conjunto de lâminas compridas ao lado de uma jovem assistente. A imagem me parecia familiar, mas eu não sabia dizer por quê. Santiago me interrompeu nessa página, apontando com o dedo:

"Mis abuelos."

Ainda que o avô de Santiago não fosse tão magro quanto o filho, era inegável a semelhança com Frankito. Tinha o mesmo sorriso largo, os mesmos olhos miúdos. Virei a página e me deparei com o atirador de facas no centro do picadeiro, erguendo uma criança apenas com a mão direita. Olhei para Santiago, que confirmou antes mesmo que eu perguntasse. Era Frankito, um menino de aparência frágil.

Na sequência de imagens, via-se o pai arremessar o filho no ar. A criança aterrissava alguns metros adiante. Não havia redes aparentes que amortecessem a queda. Continuamos remexendo nos álbuns, que chegavam aleatórios, sem respeitar a ordem cronológica, montando algo como um quebra-cabeça da vida de Frankito. Em 1984, saltando através de um arco cheio de facas. Em 1973, outra vez arremessado pelo pai, agora num barril cheio d'água. Em 1994, fazendo malabares com claves pegando fogo. Em 1982, no centro de um globo da morte em que circulavam quatro motocicletas. Voltávamos aos álbuns mais antigos e encontrávamos o menino Frankito com o braço numa tipoia, a perna enfaixada, curativos na cabeça. Íamos adiante e lá estava Frankito pendurado na parte mais alta do circo, enrolado numa corda, depois enfiando a cabeça na boca do tigre, depois dirigindo o pequeno Fusca enquanto o veículo estava em chamas. Foi nessa imagem que Santiago me interrompeu novamente, dizendo:

"Esta siempre fue su gloria."

Revirou outros encadernados, a maior parte datando da primeira metade dos anos 90, e em todos havia a mesma imagem: Frankito pilotando o fusquinha em chamas. Variações da cena mostravam Frankito se preparando para o número ou parado no centro do picadeiro com as roupas chamuscadas, recebendo os aplausos da plateia. Havia também fotografias um tanto indiscerníveis. Borradas, tinham sido capturadas em pleno movimento, registrando para sempre o auge do espetáculo, algo que provavelmente teria durado uma fração de segundo: Frankito em chamas, de braços abertos, o corpo inteiro mergulhado em labaredas.

"Sus manos?", perguntei.

"Sí", disse Santiago, explicando que numa dessas noches, había acontecido alguna cosa con los preparativos de segurança, algo que pasó despercebido por los assistentes y pelo próprio Frankito. Até hoje él no sabía explicar que se pasó, pero sus manos fueron queimadas y él nunca mais foi o mesmo. O que era uma pena, dizia Santiago, pois o número do carro incendiado siempre fue el favorito de seu pai, el que dava mais orgullo y lo que más hacía sentirse un gran artista como había sido o avô atirador de facas. Era algo importante para Frankito, dirigir o carro por dois ou três minutos, buzinando e fazendo bobagem, até que um dispositivo explodia e o carro começava a pegar fogo. Frankito gostava do desafio que envolvia o timing desse número, gostava de passar vaselina no corpo e vestir as múltiplas camadas de roupa. Gostava de estar em chamas por alguns segundos, somente alguns segundos consumido pelo fogo, o suficiente para causar apreensão na plateia. Não demorava muito e entrava um assistente carregando um extintor de incêndio.

Eran números peligrosos, dizia Santiago, mas que recebiam total atenção da equipe do circo. Na prática, funcionavam como uma espécie de diversionismo: em meio às apresentações costumeiras de palhaços, mágicos e equilibristas, instigavam na audiência um pânico explosivo que logo, no entanto, era sanado, uma forte emoção que explodia em risadas, de modo que restaurasse o interesse da plateia no espetáculo circense. Frankito e seus colegas tinham consciência da importância desse inconsequente ato de fé, algo que desafiava os limites da segurança e do bom senso, mas que acabava por recompensar a todos com a agradável sensação de que o número fora bem executado. Por mais que tivessem sido enganados, os espectadores acabavam por se tornar cúmplices do ato, acima de tudo por saber que outras plateias, em localidades futuramente visitadas pela trupe do Gran Circo Gitano, também seriam ludibriadas exatamente pelo mesmo artifício e, do mesmo modo, acabariam por explodir em risos.

Santiago dizia que era mesmo um número espetacular, tanto que naqueles dias Frankito havia adquirido uma câmera VHS para registrar sus diferentes interpretaciones, las variaciones de su performance, la reacción de las personas. Santiago, quando era apenas un niño, costumava se sentar com o pai para assistir às fitas nos fins de semana. Cresceu admirando la precisión de los incendios, la valentía de su padre y, más que isso, o orgulho que o pai sentia ao revisitar essas noites, as histórias que contava parado no centro da sala e olhando para a televisão, apontando esse ou aquele detalhe. Perguntei a Santiago onde estavam essas fitas.

"Se perdieron", disse ele, desapontado. As fitas se quedaron guardadas por muito tempo, relegadas à condição de coadjuvantes no archivo depois que Santiago cresceu e rareavam as sessões de cinema doméstico aos fins de semana. Primeiro, foram lentamente corroídas pela umidade. Acumulavam mofo, mas ainda era possível preservá-las com uma boa manutenção. De vez em quando, Frankito limpava as fitas em casa mesmo, utilizando o aparelho de videocassete. Já estavam velhas e havia distorciones na imagem, mas ainda funcionavam.

Frankito sempre falava em ir até Montevidéu e procurar alguém que as digitalizasse. Santiago tomou para si a missão, que acabava ficando em segundo plano e se perdendo na rotina de estudante de agronomia. Antes que pudesse fazer qualquer coisa, uma tempestade atingiu a região. Choveu ao longo de uma noite o que se previa para o mês inteiro e as águas desceram pelas coxilhas, acumulando-se no fundo daquele vale e fazendo transbordar os pequenos arroios. Não demorou até que a enchente chegasse ao sítio. Entrou água na cozinha dos fundos e na sala de estar, inutilizando meia dúzia de móveis e alguns alimentos. No cuarto del archivo, a inundação acabou de vez com as fitas, que não puderam ser recuperadas.

Santiago começou a pôr de novo os álbuns nas estantes, não se preocupando com a ordem em que estavam antes. Naquela casa, pareceu-me que a experiência de revisitar o passado estava obrigatoriamente sujeita ao acaso, de modo que cada desfile de lembranças tivesse uma ordem própria, muito diferente da sessão anterior. A biografia de Frankito era um baralho, e não um livro. Terminada a reorganização do arquivo, observei os nichos inferiores das estantes, imaginando que ali fossem guardadas as fitas VHS, agora perdidas para sempre, e de súbito me senti incomodado com a perda.

Nada disso me dizia respeito, é claro, porém eu era capaz de me pôr no lugar de Frankito, imaginar sua frustração com o desaparecimento dos registros da obra que lhe trazia mais orgulho. Eu mesmo trabalhava assumindo um risco parecido, raramente me preocupando em fazer backup dos meus roteiros, documentos, contratos e formulários. Incomodado por essa constatação, concluí que deveria comprar um HD externo assim que voltasse para casa. Santiago se virou para mim de cabeça baixa e, assim que saí da salinha e dei de cara com o Fusca estacionado na garagem, ele apagou a luz e fechou a porta. Procurei indícios de que o Fusca diante de mim fosse o mesmo sucateado noite após noite nas apresentações circenses. Eu preferia acreditar que sim.

17.
Um corpo celeste em miniatura

Não dormi direito na noite de domingo para segunda-feira. Havíamos voltado no fim da tarde com a barriga cheia e tendo consumido algumas garrafas de vinho. Dessa maneira, cochilamos ao longo da viagem de volta. Assim que chegamos ao hotel, fui direto para o quarto. Era noite de domingo e imperava no hotel uma imperturbável calmaria aveludada. Andei em círculos no carpete vermelho e depois me deitei de olhos abertos e enrolado nos cobertores, sem ânimo para música alemã ou notícias uruguaias. Eu sabia que o breve cochilo a bordo da van tinha sido suficiente para me tirar o sono pelo resto da noite, que eu permaneceria daquele jeito por mais algumas horas e não demoraria muito até que meus olhos começassem a doer e minha cabeça, a latejar. Apenas a antecipação do sofrimento já era suficiente para me deixar ansioso.

Pensei que seria melhor que as dores chegassem logo, ao menos assim o mal-estar disforme que me assaltava estaria justificado. Peguei minha cópia do roteiro e comecei a reler as cenas mais importantes. Agora eu duvidava da minha própria capacidade de articular qualquer sentido através de uma história. O que eu tinha na cabeça quando comecei a escrever esse filme? O que eu tinha na cabeça quando optei por seguir essa carreira? De que modo as possíveis respostas para minhas perguntas eram definitivas e até que ponto poderiam ser alteradas?

Minha atenção naufragava de página em página.

A verdade é que eu ainda estava inquieto com a história narrada por Santiago e o esforço de Frankito para realizar com perfeição, noite após noite, o número do carro em chamas. Mais que isso, eu me sentia comovido com a glória perdida, a destruição do seu patrimônio mais precioso, as fitas em que aparecia no auge da carreira circense. Comecei a imaginá-lo pegando fogo diante de uma plateia confusa. Na minha imaginação, Frankito aparecia rodeado por pétalas de fogo, desabrochando no picadeiro como uma roseira em combustão. Em todo o seu esplendor, Frankito levitava a dois metros do chão, irradiando calor e luminescência. Imaginei Frankito como um corpo celeste em miniatura sob a redoma listrada de lona, convertendo-se de estrela em supernova e de supernova em buraco negro. Imaginei-o assim porque imaginei que era assim que ele se imaginava, mesmo que na realidade o espetáculo fosse algo bem mais simples.

Pegar fogo, agora eu percebia, era um objetivo concreto, algo que exigia conhecimento de uma técnica específica, a cujo propósito era atribuída incontestável plenitude artística. A fugacidade conferia ao ato uma aura irreprodutível. Cada execução era por si mesma a performance única e definitiva daquele mesmo ato que se repetia todas as noites. Pensei no Macbeth interpretado por Paulo Roberto Castelo. A exemplo do ator em cima do palco encenando uma peça do teatro elisabetano, o espetáculo de Frankito em chamas era algo único, porém perpétuo. Múltiplo, ainda que singular.

Entre uma coisa e outra, pensei que o filme, esse filme em que eu havia trabalhado por tanto tempo e que agora pertencia a outras pessoas, poderia também pertencer a Frankito. Queria resgatar seu orgulho perdido de artista, oferecer a ele uma última chance de ser visto da maneira como imaginei que ele gostasse de ser enxergado e, mais que isso, deixar essa imagem registrada para sempre. Em outras palavras, eu queria ver Frankito em chamas. Para tanto, saltei à última página do roteiro, à cena final, em que, fugindo de inimigos provavelmente imaginários, Ulisses avança numa estrada deserta e bate o carro num poste, deixando seu destino uma incógnita para o espectador.

Ali estavam todos os elementos necessários para a execução do estratagema.

Peguei uma caneta e risquei as duas últimas linhas, maldizendo a mim mesmo por recorrer ao artifício do "final em aberto". Na prática, o que havia ali era um não final, um ato de covardia que se negava à conclusão da história. Era preciso, agora eu estava certo disso, oferecer um destino a Ulisses. Agora, era preciso bater o carro no poste e, sim, ver o carro pegar fogo. Queria urgentemente falar com Guilherme e argumentar a favor dessa alteração, mas ele não respondia às minhas mensagens. Eram duas da manhã e, através da janela, uma noite densa acobertava as ruas de Pedrerita. Não havia sinal de vida em lugar nenhum. Não se viam nem mesmo os cachorros revirando as latas de lixo, que inclusive estavam vazias. Era como se já não houvesse mais pessoa alguma em qualquer canto, como se todos os rastros de presença humana tivessem sido apagados. Eu era o último habitante do mundo, isolado num quarto de hotel. Minha cabeça começou a doer e deixei o roteiro de lado. Lembrei que tinha guardado um cigarro no bolso da calça e concluí que agora, em meio ao ataque de ansiedade, era o momento perfeito para fumá-lo.

Fui até a porta; porém, ao pensar que do lado de fora fazia uma noite gelada, desisti de sair. Lembrei-me então do truque de Natália, o que ela havia aprendido no Reddit, e prontamente arrastei a cadeira da escrivaninha até o centro do banheiro. Liguei o chuveiro no quente, o vapor começou a preencher o cômodo e eu me dei conta de que não tinha isqueiro para acender o cigarro. Comecei a revirar minhas coisas. Joguei todas as roupas para fora das duas malas e, deus ex machina, um isqueiro descartável amarelo caiu do bolso de uma calça jeans. Corri para o banheiro com o cigarro nos lábios e o isqueiro no punho fechado. Lembrando de Natália e organizando mentalmente cada etapa do processo, encharquei uma toalha com água da pia e enfiei debaixo da porta. Subi na cadeira e acendi o cigarro. Traguei longamente e, baforando na direção do exaustor, acompanhei a fumaça se misturar com as colunas de vapor do chuveiro.

Levei o cigarro à boca para tragar mais uma vez, porém comecei a ouvir um ruído agudo que se repetia a intervalos regulares. Parecia distante, mas logo percebi que soava atrás da porta. Quase caí da cadeira ao perceber que, sim, era o alarme de incêndio. Entrei em pânico e joguei o cigarro no vaso sanitário. Ao abrir a porta, o som estridente do alarme, feito o escandaloso grasnar de uma ave pré-histórica, pinçou meus ouvidos com violência. O quarto, agora na penumbra, era iluminado apenas pelo detector de fumaça, cujas luzinhas vermelhas piscavam. Já havia movimentação no corredor e logo em seguida alguém começou a dar socos na minha porta, dizendo algo sobre evacuação. Olhei para o lado, pela janela, e vi quatro pessoas esbaforidas lá embaixo, olhando apreensivas para a fachada do hotel. Inacreditável, pensei. Tudo isso por causa de um cigarro. Ninguém deveria saber que a culpa era minha. O melhor que eu podia fazer agora era sair do quarto, fingindo estar em pânico, e me unir aos hóspedes em frente ao hotel.

Mas como fingir pânico de forma convincente?

Eu nunca tinha estado em situações de vida ou morte, portanto era impossível saber de que maneira eu reagiria num caso desses. Eu poderia arregalar os olhos e sair gritando por socorro. Será mesmo que as pessoas correm sacudindo as mãos ao lado da cabeça ou isso é bobagem? Ouvi mais gente atravessando o corredor. Decidi que era chegado o momento da minha saída.

Entretanto, antes do alarme disparar eu tinha me vestido para descer e fumar o cigarro lá embaixo. Estava agora de tênis, calça jeans e um casaco preto de lã. Se eu saísse vestido assim, de modo tão flagrantemente premeditado, com certeza acabaria por despertar a desconfiança dos meus colegas. Era necessário que eu vestisse o figurino casual de alguém que, pego de surpresa, foi tirado da cama enquanto dormia. Alguém que entrou em pânico e saiu correndo sem ter tempo de pensar na própria roupa. Tirei o casaco de inverno e troquei a calça jeans por uma de moletom. Depois disso, tirei os tênis. Afinal, eu sairia descalço, vestindo apenas meias. Eu me aproximei da porta e, segurando a maçaneta, respirei fundo. E, antes mesmo que eu pudesse executar minha performance de pânico existencial, o alarme parou de tocar. Silêncio. Olhei de novo pela janela e dois funcionários diziam para os hóspedes voltarem aos quartos. Alarme falso.

Sentei-me na cama. A cabeça continuava a latejar. Quando abri os olhos, já estava amanhecendo. Eram seis da manhã e Guilherme tinha me respondido:

"Aconteceu alguma coisa?"

"Precisamos conversar", mandei.

"Sala de reuniões em quinze minutos."

18.
Um sobrado no bairro de Pinheiros

"Eu já te contei a história das demonstrações?", perguntou Guilherme, interrompendo o assunto. Eu havia resumido a carreira circense de Frankito. Argumentei a favor da mudança na cena final, a única necessária. Dias atrás, Guilherme já tinha solicitado que eu alterasse a sequência do sonho, e agora era eu quem pedia que ele estivesse aberto a uma nova intervenção, porém na última cena. Ele ouviu tudo em silêncio, baixando a cabeça calva de quando em quando, evitando manifestar se era ou não favorável à minha proposta de incendiar o carro no momento em que batia no poste. Relembrei a Guilherme o quanto era inusitado ter à disposição alguém com esse tipo de habilidade, conforme ele mesmo já tinha me dito quando almoçávamos alguns dias antes. Por que não deixar que o potencial de Frankito se revelasse plenamente? Castelo já me confidenciara que classificava Frankito como um grande artista e Guilherme havia me chamado de sádico pela maneira como sofriam meus personagens. Não seria interessante juntar tudo isso e criar um momento verdadeiramente catártico?

Em vez de comunicar seu julgamento, Guilherme enroscou os dedos na barba comprida e se desviou do assunto, dirigindo a mim aquela estranha pergunta:

"Eu já te contei a história das demonstrações?"

"Acho que não", respondi. "Por quê?"

"Eu me lembrei agora dessa história porque quando tu saiu de casa, aquela noite que a gente viu *Ishtar*, eu disse uma frase sobre o amor, lembra?"

"Que o amor é como um pássaro machucado."

"Isso. Essa frase não é minha. Eu roubei de outra pessoa. Mas, pra falar como eu roubei essa frase, preciso antes te contar a história das demonstrações."

Em 2007, o segundo curta-metragem de Guilherme ganhou alguma projeção depois de ter circulado em pequenos e médios festivais brasileiros. *Abismo a dois* tinha doze minutos e mostrava um casal discutindo enquanto coisas estranhas aconteciam no interior do apartamento. Luzes se apagavam sozinhas, um vulto aparecia na janela, coisas desse tipo. Trazia bons diálogos e uma boa edição. Além disso, o casal do elenco era ótimo.

"Se o filme tem méritos", disse Guilherme, "não é culpa minha."

Seis ou sete meses depois do lançamento de *Abismo a dois*, Guilherme recebeu um e-mail de um cara chamado Luciano, que trabalhava numa produtora paulista chamada Filmes de Antimatéria. Na mensagem, Luciano dizia que a produtora estava prestes a acertar negócios com um canal da televisão paga e uma distribuidora com presença no mercado europeu. Em função disso, a Filmes de Antimatéria estava à procura de novos projetos. Os sócios da produtora, incluindo o próprio Luciano, tinham visto o curta de Guilherme num festival e resolveram entrar em contato. Queriam saber se ele não tinha projetos para apresentar e, quem sabe, desenvolver em parceria com a empresa.

Apesar da boa recepção de *Abismo a dois*, Guilherme estava terrivelmente infeliz. O roteiro foi construído a partir de trechos, reais e imaginados, de discussões que ele tivera com a ex-namorada. Ao compreender o que Guilherme estava fazendo, ela ficou furiosa e disse que não desejava ser vítima ou cúmplice dos acessos de narcisismo dele, ainda mais se fossem patéticos daquele jeito, parasitando a vida do casal e inserindo-a num filminho bosta que seria visto por uma dúzia de pessoas. Apesar ou em função disso, foi justamente dessa derradeira série de acusações e ofensas que ele retirou elementos para construir a cena final do curta-metragem. Agora, por mais que o filme viesse ganhando uma boa reputação, Guilherme ficava deprimido toda vez que precisava exibi-lo ou discuti-lo em festivais.

Guilherme intuiu que o e-mail era um bom presságio. Animou-se com a ideia de visitar São Paulo, sair por uns dias de Porto Alegre, discutir possíveis novos trabalhos. De bônus, o e-mail de Luciano não mencionava exibir ou discutir *Abismo a dois*, o que para ele era uma bênção.

Guilherme desembarcou em São Paulo numa segunda-feira. A sala ocupada pela produtora ficava num prédio comercial da Bela Cintra, numa altura mais afastada da avenida Paulista. Dos três sócios, que tinham mais ou menos a mesma idade que Guilherme, Luciano era o mais animado. Ele realmente gostava do curta. Logo, no entanto, Guilherme percebeu que as coisas não dariam certo. Isso porque eles achavam *Abismo a dois* divertidíssimo, de um jeito sádico. Guilherme não queria lhes dizer que, na verdade, aquele era um filme doloroso, um filme construído a partir do seu sofrimento e da sua culpa. Quanto mais elogiavam o filme pelas razões erradas, citando diálogos e dando risadas diabólicas, mais Guilherme se sentia enternecido e vaidoso por toda a mágoa que carregava.

"Tu já viu esse filme, né?", perguntou Guilherme.

"Não, nunca."

"Melhor assim."

"Por quê?"

"É um filme complicado. Eu não me arrependo de ter feito, mas é complicado."

"Em que sentido?"

"No sentido de que criou uma impressão errada sobre mim, não sei. Os caras da Antimatéria, por exemplo. O que eles queriam era algo violento, estilizado e com bons diálogos. Eles queriam encontrar a versão brasileira do Quentin Tarantino, porque naquela época os filmes do Tarantino estavam em alta.

Se tu pega os filmes daquele período, tem um monte de gente tentando ser Tarantino, fazendo filmes ainda piores que os do original. Eu não. Eu tinha outros interesses. Queria fazer coisas mais próximas do Jim Jarmusch, do Hal Hartley, sei lá. Eram dois diretores que eu admirava bastante na época. A reunião me deixou desconfortável, mas eu não queria que eles percebessem. Longe de mim confessar a três desconhecidos toda a dor que eu carregava em função desse curta-metragem. Na verdade, eu me sentia grato por eles terem me tirado de Porto Alegre pelo menos por alguns dias. A gente ficou de papo até mais ou menos umas cinco. Foi quando os outros dois sócios disseram que precisavam sair e o Luciano perguntou se eu tinha alguma programação pra noite."

Guilherme respondeu que não e Luciano disse:

"Então eu vou te levar pra ver uma demonstração."

"Demonstração do quê?", perguntou Guilherme.

"Você vai ver."

Pegaram um táxi. Ficaram parados por um tempo num engarrafamento na avenida Rebouças, mas logo entraram numa parte diferente da cidade, onde as ruas eram mais vazias. Atravessaram zonas residenciais em que havia casarões vazios de aspecto ancestral. Já estava anoitecendo e logo a paisagem adquiriu contornos de penumbra. O táxi parou em frente a um sobrado no bairro de Pinheiros. Tinha dois andares e aparentava ter sido construído no começo do século anterior. As paredes estavam recobertas por uma camada de tinta preta que, apesar de parecer recente, já começava a descascar. Tinha uma porta de madeira maciça, com quase três metros de altura, com aspecto igualmente desleixado. Assim que desceram do táxi, Luciano ergueu a mão e, tateando na escuridão nascente, bateu três vezes na porta, fazendo soar um som pesado que não reverberava em lugar nenhum. Assim que ele baixou o braço, Guilherme percebeu que havia na porta uma daquelas aldravas pesadas, talvez de bronze, uma grande argola presa a um suporte enfeitado por dois olhos reptilianos e secos.

Não demorou muito e a porta foi aberta por um sujeito comprido e careca, sem sobrancelhas. Tinha uma expressão apática e vestia um terno cinza. Ele fez sinal para que entrassem, e os dois entraram. O hall de entrada era escuro, iluminado apenas por um abajur, que estava ali para destacar uma placa na parede à direita, a qual dizia, em letras maiúsculas pintadas à mão:

INGRESSO VINTE REAIS.
POR FAVOR, NÃO FOTOGRAFE.
APROVEITE A DEMONSTRAÇÃO.

O careca se posicionou atrás do balcão onde estava o abajur. Luciano pagou as duas entradas. O careca indicou um corredor no fundo da sala. Os dois foram adiante. Abriram uma porta, outra de madeira maciça, cuja altura era metade da porta de entrada, e deram de cara com uma escada em espiral que levava ao subterrâneo. Havia velas nas paredes iluminando a descida. Lá embaixo, um corredor de piso quadriculado em preto e branco. Uma fonte de luz em algum lugar fazia com que os ladrilhos brancos ficassem vermelhos de tempos em tempos. Ao fim do corredor, Guilherme e Luciano atravessaram cortinas escuras e entraram num salão pequeno, que em outros tempos poderia ter sido um depósito ou adega. Havia cinco ou seis mesas organizadas ao redor de uma espécie de picadeiro, iluminado por holofotes brancos e azuis que pendiam do teto.

Guilherme ouviu o rangido de uma porta se abrir, mas não identificou de onde vinha. Era um ruído metálico de exaustão. Logo havia diante deles um homem vestindo fraque preto, cuja cauda ultrapassava os joelhos, e gravata-borboleta. O elemento que mais se destacava, no entanto, era a enorme cabeça de galo que ocultava seu rosto. Era muito realista. A cada passo que dava, os holofotes derramavam luz fria na penugem escamosa da sua cabeça. Em silêncio, indicou uma mesa em frente ao palco, onde Guilherme e Luciano se sentaram. Guilherme o observou se afastar, de novo rumo à porta escondida, atento à crista vermelha que balançava atrás da sua cabeça. Luciano sussurrou:

"Demonstração número 14."

Guilherme não reagiu. Começou a desconfiar que Luciano o arrastara para uma seita ou, pior ainda, para um clube de pervertidos sexuais. Temia que acabasse testemunhando uma orgia de zoófilos ou algo do gênero, quem mandou confiar num cara que mal conhecia? Chegaram mais três pessoas, que ocuparam seus lugares na audiência, em mesas mais afastadas. Uma sineta soou em algum lugar e duas pessoas apareceram, vindas do mesmo lugar que o garçom com cabeça de galo, e ocuparam o palco no centro do cômodo. Eram uma moça gorda e um menino de mais ou menos doze anos, ambos em roupa de noite, como se estivessem numa ópera. Ela trajava um luxuoso vestido vermelho e ele, uma versão em miniatura do fraque longo que o homem-galo vestia.

"E tem início a demonstração de número 14!", gritou a moça gorda.

Assim que ela terminou de falar, o homem-galo reapareceu, conduzindo um carrinho de bufê com três caixas de madeira. Deixou o carrinho em frente à dupla e sumiu outra vez. O menino tomou a dianteira e posicionou sua mão acima da caixa mais à esquerda. Puxou-a para cima, revelando que era vazada na parte de baixo. Sob a caixa, havia um prato. No prato, um ovo.

"Dentro de nós existem três casas", disse o menino.

"A casa da memória, a casa do corpo e a casa da alma", disse a moça gorda.

"Habitamos as três casas ao mesmo tempo", disse o menino.

"A casa da memória", disse a moça gorda enquanto o menino exibia o ovo à audiência, "é a lembrança de todas as casas que já habitamos e a lembrança dos corpos que já fomos."

"A casa do corpo", disse o menino, erguendo a segunda caixa e revelando uma galinha viva, que saltou do carrinho e, tentando voar aos tropeços, debatia-se em pânico enquanto ciscava nas mesas, "é a habitação do tempo presente, que se move no espaço e leva a alma para passear no mundo."

"A casa da alma", disse a moça gorda, enquanto o menino erguia a terceira caixa e revelava um enorme frango assado, "é o lugar em que as almas habitam e habitarão, um lugar de que não temos memória e que nunca será alcançado pelo corpo."

"Essa foi a demonstração de número 14", disse o menino.

"Pois assim é nossa vida e assim sempre será", disse a moça gorda.

Curvaram-se para a frente, como ao final de um espetáculo, e saíram pelo mesmo lugar por onde entraram.

Guilherme olhava para mim. Era como se ele tivesse acabado de me contar um sonho estranho em que eu não aparecia.

"Estranho, né?", ele perguntou, rindo.

"Essa é a história das demonstrações?"

"Não, ainda não terminei."

Eram nove e meia quando chegou ao fim o espetáculo, ou o que quer que tenha sido aquilo. Guilherme e Luciano tomaram um táxi e desceram num botequim. Pediram uma cerveja e, assim que o garçom trouxe os copos, Guilherme tomou fôlego e perguntou a Luciano o que eram as demonstrações. Ficou perplexo quando ouviu sua resposta:

"Não tenho a menor ideia. Mas vou te dizer o que eu sei."

Luciano era de Ribeirão Preto e se mudou para a capital aos dezessete anos, logo depois da morte da mãe. Foi ela quem o criou durante toda a infância, depois que o pai foi morar com outra mulher no Paraná. Quando Luciano tinha dezesseis anos, sua mãe foi diagnosticada com câncer de mama, algo que não demorou a se espalhar por todo o corpo, incluindo os ossos. Luciano agora tinha vinte e cinco anos. Graças aos tios, terminou os estudos em São Paulo, formou-se na faculdade de cinema e agora era sócio da Filmes de Antimatéria. Começou a frequentar os círculos da classe artística no fim da adolescência, quando entrou em contato com jovens iguais a ele, bastardos à solta no mundo, atores, pintores e cineastas. Uma vez, quando ele tinha vinte anos, alguém o levou àquele sobrado e ele viu sua primeira demonstração. Número 12, anfitrião gorila.

"Você precisa entender algumas coisas", disse Luciano. "As demonstrações ocorrem três vezes por semana. Às segundas, quartas e sextas, sempre às sete e meia. Cada demonstração tem um número e um anfitrião. A que vimos hoje, por exemplo, é a número 14 e seu anfitrião é o galo. Algumas demonstrações são extremamente comuns e outras, muito raras. Por exemplo: a demonstração número 14 eu já devo ter visto dezenas de vezes, enquanto a 23 eu vi somente numa ocasião."

Luciano tirou do bolso um caderno amassado e explicou a Guilherme que passara dois anos e meio indo religiosamente a todas as demonstrações e anotando ali a data de cada visita, o número de cada demonstração e o anfitrião correspondente. Luciano entregou o caderno a Guilherme, que constatou haver ali cerca de quatrocentos registros desse tipo. Guilherme permaneceu folheando o caderno enquanto Luciano dizia ter começado a fazer as anotações por nenhuma razão em particular, mas que depois passou a nutrir um interesse obsessivo, imaginando que talvez um dia permitissem a ele filmar cada ocorrência, de modo que pudesse fazer um documentário sobre as demonstrações. Esse dia, no entanto, nunca chegou.

Contou que uma tarde, dois anos antes, estava sozinho em casa e muito deprimido. Havia terminado a faculdade recentemente, estava desempregado e não tinha perspectivas de abrir uma produtora. Para completar, aquele era o dia em que a morte da mãe completava cinco anos. Não tendo o que fazer com a tristeza, começou a folhear o caderno e decidiu digitalizar os registros. Montou uma tabela no Excel. Listou ocorrência por ocorrência, criando colunas específicas para números e anfitriões. Somente ao organizar as coisas dessa maneira ele se deu conta de que havia documentado as anotações em vinte e seis linhas, o que indicava, portanto, que naqueles quase três anos ele havia testemunhado vinte e seis tipos de demonstrações diferentes. Como podia ser tão burro, como foi que nunca percebeu antes, lamentou-se para Guilherme, que baixou o caderno, bebeu um gole de cerveja e voltou a atenção fixamente para Luciano.

"Vinte e seis tipos de demonstração", disse Luciano. "Cada uma com seu próprio número, cada número correspondendo a uma letra do alfabeto."

Dessa maneira, organizou as demonstrações na ordem cronológica em que as testemunhara, listando seus números e indicando a letra correspondente pela posição no alfabeto. Num primeiro momento, parecia que não chegaria a lugar nenhum, computava sequências completamente desprovidas de sentido, como MKNPCBICU e coisas do tipo. Luciano tomou o caderno das mãos de Guilherme e folheou até as últimas páginas. Queria mostrar o que havia encontrado nas semanas mais recentes, as últimas registradas antes de ter criado a tabela no Excel. Afinal, foi ali que encontrou as oito seguintes demonstrações em ordem consecutiva:

1, 13, 15, 18, 6, 1, 20, 9.

Guilherme demorou alguns segundos, atribuindo mentalmente uma letra a cada número, mas enfim conseguiu elaborar o que estava diante dele:

"Amor fati", respondeu.

"Amor fati", repetiu Luciano. "Você sabe o que é isso?"

"É uma frase em latim. Quer dizer amor ao destino."

"Exatamente. Tem a ver com a ideia de aceitar o sofrimento como parte integral da vida, de que só há plenitude na existência se compreendermos a dor como um elemento indissociável do nosso destino."

"E tu encontrou essa frase por acidente num dia em que estava deprimido, o dia do aniversário da morte da tua mãe. Isso é uma coincidência enorme."

"Isso não é uma coincidência enorme", sorriu Luciano, puxando a manga direita da camisa. "*Isso* é uma coincidência enorme."

Olhando para o antebraço agora exposto de Luciano, Guilherme percebeu uma tatuagem de linhas já meio vazadas, a tinta outrora preta num tom esmaecido de cinza-escuro. Era um letreiro e dizia, justamente, *Amor fati*.

"Eu fiz essa tatuagem", disse Luciano, "aos dezesseis anos, pouco antes da minha mãe começar a fazer quimioterapia. E não fiz sozinho. Ela tinha uma igual no mesmo lugar, porque a gente queria registrar na pele esse nosso laço que, a gente sabia, poderia nos levar a qualquer lugar, incluindo a morte, mas que vai durar pra sempre."

Permaneci algum tempo em silêncio, enquanto Guilherme sorria de orelha a orelha.

"Porra", respondi.

"Calma", disse Guilherme. "Ainda não terminei de contar."

19.
Uma terceira demonstração

Ao comprar as passagens, Guilherme achou que engataria uma boa relação com a Filmes de Antimatéria. Agora, no entanto, ele sabia que esse contato não chegaria a lugar nenhum. Mesmo tendo conversado bastante com Luciano, ouvido suas histórias sobre as demonstrações, havia uma intransponível barreira estética entre o que a produtora queria e o que ele, Guilherme, tinha a oferecer. A passagem de volta estava marcada só para o sábado, de modo que Guilherme tinha mais alguns dias à deriva em São Paulo. Não sabendo a quem recorrer, ligou para uma amiga na manhã da terça-feira.

O nome dela era Cíntia e ele logo esclareceu que ela não era bem uma amiga, mas a ex de um colega de escola. Trabalhava como revisora e tradutora no mercado editorial. Guilherme observou que manter contato com as pessoas em 2007 não era tão fácil quanto agora. Havia meios, é claro, mas as coisas estavam longe de ser tão onipresentes. Pelo telefone, Cíntia ficou feliz em ouvir a voz de Guilherme e disse que estava livre no almoço e pelo começo da tarde. Combinaram de se encontrar num restaurante da Paulista e tomar um café no Masp.

A princípio, Guilherme sentiu que a conversa não engatava. Durante o almoço falaram apenas de suas vidas antigas em Porto Alegre, era tudo o que havia de comum entre os dois. Um dizia lembra disso, o outro lembra daquilo, os anos de faculdade, esse tipo de coisa. Perceberam que tinham muito em comum, amigos e lugares, experiências e gostos. Pouco a pouco, enquanto caminhavam, imersos no oceano de pressa que é a Paulista, Guilherme começou a dar vazão a algumas mágoas. Falou das circunstâncias envolvidas na produção de *Abismo a dois*, disse que havia sido péssimo com a ex, que se arrependia de ter dito algumas coisas, sem nunca especificar quais. Disse que a traíra duas vezes, com o único propósito de magoá-la.

Cíntia confessou ter feito a mesma coisa uma vez. Guilherme perguntou a ela se o fato de ter construído uma ficção a partir das brigas poderia ser considerado uma traição e Cíntia disse que via esse tipo de coisa o tempo inteiro nos textos em que trabalhava, inclusive para as grandes editoras. Havia autores que não faziam a mínima questão de esconder suas mágoas e o que se via na página era uma porção de elementos de vidas reais, porém recontextualizados dentro de uma obra de ficção.

Os dois se conheciam fazia muito tempo, porém só agora, libertados de um passado em comum com outras pessoas, eram capazes de se reconhecer como indivíduos.

"Foi estranho", disse Guilherme. "Eu senti que já havíamos tido essa conversa muitas vezes, nas entrelinhas, sabe? Ao mesmo tempo, era como se conversássemos pela primeira vez, como se eu tivesse acabado de conhecer essa pessoa. Era também como se eu a enxergasse pela primeira vez. Agora eu percebia a maneira como ela sorria, como me olhava de lado, espichando os olhos por cima dos óculos. Eu também, ao conversar com ela, descobria e redescobria outra maneira de ser eu mesmo. Sentia que eu estava me desprendendo de um molde que eu próprio havia inventado pra mim."

Chegaram ao Masp e era dia de visitação gratuita, programa de turista. Pegaram uma fila enorme. Uma vez lá dentro, vagaram a esmo entre as pinturas. Ela porque morava na cidade havia tanto tempo e já tinha visto aquilo em outras ocasiões, e ele porque nunca teve grande interesse por artes plásticas em geral. Aqui, Guilherme fez mais uma pausa na história e, inclinando o pescoço para o lado, tentou se justificar para mim, dizendo que gostava de museus, que apoiava museus, é claro que são importantes, mas que não curtia muito ficar olhando para imagens estáticas e eu disse beleza, tudo bem, eu também não, acho uma coisa chatíssima, sempre achei, pode continuar, não estou te julgando.

Pois bem.

Estavam entediados com as pinturas do Masp e de saco cheio dos turistas com vozes altas e câmeras fotográficas, então foram direto ao café.

"Tu disse que veio pra uma reunião?", perguntou Cíntia.

"Sim", confirmou Guilherme. "Mas não vai dar em nada."

"Que pena."

"É uma pena, mas pelo menos eu saí um pouco de Porto Alegre, sei lá, pude vir aqui, te ver, saí ontem, fui num negócio em que fazem as demonstrações, nem sei direito como explicar."

Cíntia não sabia do que Guilherme estava falando, é claro. Num primeiro momento, achou que ele tivesse ido ao show de uma banda chamada As Demonstrações. Uma banda de surf rock, ela disse, As Demonstrações é nome de banda de surf rock. Mas não era uma banda, disse Guilherme, era uma coisa muito esquisita, algo entre o ritual e o happening, entre a missa e a performance. Era uma coisa que envolvia um homem de fraque e cabeça de bicho, um menino e uma moça gorda, uma série de ensinamentos a que era atribuído um valor numérico. E relatou para uma Cíntia de expressão cada vez mais confusa o que havia testemunhado. Falou do ovo, da galinha viva e do frango assado, de como cada um deveria representar uma das três casas que supostamente habitamos. Era algo muito esquisito, claro, mas de um jeito inofensivo.

Cíntia, que provavelmente já revisara ou traduzira inúmeros livros de autoajuda, disse que essa era uma ideia muito boa, que ela conseguia se relacionar com esses conceitos, uma vez que tinha uma memória muito forte da casa da avó e frequentemente se pegava lembrando dos enormes vasos de cerâmica com plantas viçosas de um verde saudável enquanto ela própria cuidava sem sucesso de mudas que se recusavam a crescer e caíam secas de uma hora para a outra. A casa da avó era a casa da sua memória. A casa do corpo era São Paulo, mas também Porto Alegre e o outro corpo que ela havia sido, incluindo o corpinho infantil na casa da avó.

Ela ficou divagando a respeito do assunto durante muito tempo. Por isso mesmo, Guilherme se sentiu compadecido de Cíntia: agora ela deixava de ser a jovem independente esforçando-se para se manter na capital paulista e se transformava numa menina desenraizada e melancólica. Saudosa da infância, dos familiares que não via fazia sabe-se lá quanto tempo, órfã das próprias origens, amargando com a alienação compulsiva das grandes metrópoles. E assim, mencionou que as demonstrações ocorriam três vezes por semana e a próxima demonstração seria na noite de quarta-feira, ou seja, no dia seguinte.

Quarta-feira era véspera do feriadão de Corpus Christi e muitos paulistanos já haviam deixado a cidade. Guilherme e Cíntia se encontraram em frente ao sobrado às sete da noite e, sacudindo a pesada aldrava reptiliana, ele bateu três vezes na porta de madeira maciça. Passaram-se alguns segundos e o careca de terno bege abriu para eles. Pagaram o ingresso, desceram as escadas rumo ao corredor subterrâneo de ladrilhos quadriculados e cortinas escuras. Cíntia demonstrava inquietude sob a luz fugidia daquele estranho túnel e, em razão disso, ele pegou sua mão gelada e a conduziu ao salão, onde foram recebidos pelo homem do fraque de cauda longa, que dessa vez tinha cabeça de vaca: a cara era amarronzada e salpicada de manchas brancas, com dois olhos imensos e opacos, globulosos como bolas de gude feitas de âmbar, orelhas pretas de abano e um tímido par de chifres curvos na parte mais alta do crânio.

Cíntia, que antes parecia estar com medo, agiu com naturalidade quando o homem-vaca ofereceu uma mesa em frente ao picadeiro. Os dois se sentaram e Guilherme percebeu que dessa vez não eram os primeiros a chegar. Atrás deles, um idoso de óculos escuros fumava um charuto.

Cíntia e Guilherme permaneceram em silêncio quando o homem-vaca voltou e posicionou três cadeiras no palco central. Depois a porta se abriu atrás deles e mais quatro pessoas tomaram assento na audiência. Quando a sineta soou, Guilherme ficou surpreso. Em vez da moça gorda e do menino de doze anos, o mestre de cerimônias era um homem alto, cujo rosto anguloso tinha fortes traços germânicos. Vestia um terno vermelho, camisa branca e gravata preta. Atrás dele, vieram outras três pessoas, que se sentaram nas cadeiras colocadas pelo homem-vaca no centro do picadeiro. Eram duas mulheres e um homem, todos com roupas vermelhas e fisionomia estranhamente germânica. Observar o grupo fazia Guilherme pensar nas antigas fotografias monocromáticas em exposição nas paredes da casa da avó em São Leopoldo. Ela, que misturava o português e o alemão, muitas vezes sem perceber, dizia aqui é Hans Wallauer, aqui é Bertha Wallauer, aqui é Ernest Wallauer.

"E tem início a demonstração de número 22!", anunciou o mestre de cerimônias.

Entrou de novo o homem-vaca, empurrando o carrinho de bufê, que mais uma vez trazia as três caixas. O mestre de cerimônias removeu a primeira caixa, de onde tirou um reluzente balde de inox, próprio para ordenha. Ele pegou o balde e se virou para o picadeiro, entregou-o à mulher sentada mais à esquerda, uma jovem magra de grandes bochechas rosadas.

"As coisas que vão são as mesmas que voltam", disse o mestre de cerimônias. "Porém as coisas que voltam nunca são as mesmas que foram."

Ergueu a segunda caixa, de onde tirou uma garrafa de vidro, contendo um litro de leite. Mostrou a garrafa para a audiência e depois a entregou para a jovem de bochechas rosadas. "Pois os caminhos que levam não são os caminhos que trazem, e voltar é mais difícil que partir." A jovem aproximou a garrafa dos lábios. Empinou a cabeça e, sem fazer nenhuma pausa para respirar, bebeu inteiro o litro de leite em questão de vinte segundos, babando-se e deixando respingar uma parte no vestido vermelho. Ao terminar, limpou os lábios, ofegante, e tomou o balde de ordenha entre as pernas. Sem hesitar, enfiou o dedo indicador na goela e começou a vomitar no balde todo o leite que havia bebido. Vomitou um pouco, depois outro, cuspia o leite com naturalidade nas paredes metálicas do balde. Guilherme gelou, não sabendo que impressão causaria aquele espetáculo grotesco na sua convidada. Cíntia, por sua vez, mantinha os olhos fixos na moça que vomitava. Não expressava o mínimo traço de nojo ou pavor. Em vez disso, seu rosto estava sério, o que pareceu a Guilherme uma expressão de indiferença, mas também de curiosidade. Por via das dúvidas, preferiu não interromper o transe de Cíntia.

"Compartilhamos das coisas e dos caminhos", disse o mestre de cerimônias, "mas nem sempre das condições."

A moça de bochechas rosadas passou o balde para o homem sentado a seu lado, um gorducho de cabelo grisalho e bigode. De imediato, ele baixou a cabeça, inclinou-se diante do balde e, pouco a pouco, começou a erguê-lo devagar, dando goles longos, porém ligeiros, bebendo o leite vomitado pela colega. Assim que terminou de beber, baixou o balde, expondo para a audiência o bigode sujo daquele líquido já amarelado. Não demorou muito e seu rosto começou a corar. Suado, baixou a cabeça de novo e, sem precisar de qualquer estímulo, devolvia pouco a pouco ao balde o leite bebido e vomitado, às vezes fazendo força e emitindo grunhidos. Ouvia-se o respingar do leite caindo do seu bigode. Ele ergueu a cabeça e o queixo estava coberto por filetes de saliva.

Dessa vez, Cíntia se virou para Guilherme e, incapaz de conter a reação, começou a rir, gargalhar, risadas profundas de fazer porquinho. Guilherme, por sua vez, não sabia se ficava incomodado por ter trazido Cíntia a esse negócio, que ele chegou a classificar como inofensivo, mas que agora se revelava sórdido, ou constrangido pela reação inadequada de sua acompanhante. Olhava para os lados, tentando entender como os outros reagiam às gargalhadas dela, mas permaneciam todos impassíveis. Demorou uns trinta segundos até que Cíntia parasse de gargalhar.

Foi quando a terceira ocupante do picadeiro tomou o balde em mãos e, repetindo os colegas de palco, bebeu todo o leite. O que chamava atenção na terceira ocupante é que não conseguia esconder o quanto se deliciava com o leite vomitado, emitindo gemidos de prazer enquanto bebia. Depois vomitou tudo de modo diligente, comedido, e devolveu o balde ao mestre de cerimônias.

"Coisas, caminhos e condições", disse ele, "os componentes de nossa vivência no mundo. Partilhar disso com nossos semelhantes é o dever de cada um de nós, para que a humanidade alcance a plenitude da existência."

Ergueu a terceira caixa, onde havia uma bandeja com sete taças vazias. Aproximou-se do carrinho de bufê e cuidadosamente dividiu o litro de leite, engolido e vomitado três vezes, em sete porções iguais. Em seguida, o homem-vaca voltou do seu covil, tomou a bandeja em mãos e começou a distribuir as taças nas mesas, uma dose de leite vomitado para cada membro da audiência. Guilherme observou a taça diante dele, o leite amarelado, recoberto por uma camada gordurosa de líquido transparente, muito provável que fosse uma mistura de três diferentes sucos gástricos. Também boiavam ali dentro restos mastigados de alimento, já parcialmente digeridos: fiapos verdes que pareciam alface, uns pedacinhos de presunto. Ele olhou para os lados e percebeu que o velho do charuto bebericava do seu copo com muita tranquilidade. A mesa com quatro pessoas improvisava um brinde.

Guilherme foi tomado por uma náusea profunda, mas em seguida se virou para Cíntia e viu que ela, tentando conter outro acesso de riso, segurava a taça com a mão direita, olhando para ele. "Mazel tov", disse Cíntia, entortando a boca. "A essa noite maravilhosa."

E virou a bebida de uma vez só, fazendo força para não rir ou vomitar, se é que fazia alguma diferença àquela altura. Guilherme, não querendo ficar para trás, prendeu a respiração e levou a taça aos lábios. Largou a bebida na boca, um amargor tomou conta do interior das suas narinas e, ao engolir, sentiu os pedaços de comida fazerem cócegas na garganta.

"Essa foi a demonstração de número 22", disse o mestre de cerimônias. "Pois assim é nossa vida e assim sempre será."

Guilherme fez uma pausa e mexeu no celular. Ainda olhando para a tela, comentou que já estava no horário do café da manhã.

"Tu realmente acha que eu tô a fim de comer?", perguntei. "Depois disso?"

"Justo."

Ele bocejou e disse que Cíntia e ele pegaram um táxi para a casa dela. Ao contrário do taciturno Luciano na demonstração anterior, ela comentava todos os aspectos da apresentação. O figurino vermelho conferia certa *carnosidade* à performance, a experiência toda se resumia ao paradoxo de como pode uma garrafa de leite aberta há quinze, vinte minutos, não azedar com o tempo, mas *tornar-se podre* de uma hora para outra, num ciclo horrendo, de como a concretização daquela nojeira dependia da *cooperação ativa* de todos os envolvidos, os que bebem e vomitam, os que apenas bebem e que, no fim das contas, estão destinados a excretar o leite de outras maneiras. Cíntia dizia que a ideia era tornar físico o processo de trocas psíquicas e emocionais, que causamos danos àqueles que só queremos nutrir, que injetamos nossas podridões em quem apenas queremos bem, coisas assim. Era incrível que, mesmo compreendendo o quanto aquela experiência havia sido horrível, Cíntia conseguia se deslocar da própria condição, tentar compreender a demonstração em nível conceitual.

Chegaram ao apartamento dela e Cíntia abriu uma garrafa de vinho. Guilherme quase tremeu quando ela pôs uma taça à sua frente. Ela percebeu, começou a rir e passou a mão na cabeça dele, como quem tenta acalmar um filhote com medo. Ficaram falando bobagem, já meio bêbados, e Guilherme, esmagado por todas as escolhas erradas que havia feito nos últimos anos, percebia que invejava o amigo extraviado, pela simples coragem da sua recusa. Ao mesmo tempo, começou a perceber Cíntia no seu íntimo, pois imaginava que jamais conheceria alguém tão bem assim, de modo tão imediato, em circunstâncias tão absurdas. Guilherme caminhou pelo apartamento, observando as coisas de Cíntia, as fotografias afixadas por ímãs à porta da geladeira, os livros empilhados na sala, as roupas jogadas numa cadeira encostada na parede, sob uma janela por onde se via o céu de fuligem da noite paulistana. Cíntia começou a falar mal do ex, um bundão, um trouxa, começou a provocar Guilherme, falar mal da ex dele, dizendo que ela era uma idiota e uma vagabunda. Empurrou Guilherme no sofá e, por mais que, sim, ele estivesse louco por ela, agora ele percebia isso, agora ele era capaz de admitir isso, por mais que ele quisesse tirar sua roupa e jogá-la no sofá com ainda mais força, ele só conseguia pensar nos pedacinhos de alface boiando na mistura de leite e suco gástrico.

"Lembra do que eu disse sobre a periodicidade das demonstrações?", perguntou Guilherme. "Três vezes por semana, às segundas, quartas e sextas? E lembra que minha passagem de volta era só no sábado? E lembra como eu disse que quarta-feira era véspera de feriadão? Pois é. Como tu pode imaginar, eu ainda tinha chance de pegar uma terceira demonstração durante minha estadia na cidade, uma cidade que se esvaziou de uma hora pra outra. Liguei pra Cíntia, que recusou, pois tinha recebido um trabalho de revisão na noite anterior e queria adiantar o serviço. Desconfiei que estivesse inventando uma desculpa e por isso não insisti. Não sabendo muito bem a razão de voltar ao sobrado, voltei. Chegando lá, às sete da noite daquela sexta-feira, fui recebido pelo careca, desci as escadas, atravessei o corredor, o mesmo de sempre. Entrei no salão e lá estava o homem do fraque de cauda longa, dessa vez tinha cabeça de rinoceronte, uma couraça áspera e negra, olhos enrugados, aqueles dois chifres se projetando no focinho de amplas narinas redondas.

"Ele indicou uma mesa e eu me sentei. O salão estava deserto, eu fui o primeiro a chegar. Passaram-se quinze, vinte minutos, e não chegava ninguém, nem sinal de vida, a não ser eu, sentado em frente ao picadeiro, iluminado pelos holofotes. A sineta soou e eu olhei em volta, um pouco constrangido. Demorou alguns segundos e o homem-rinoceronte entrou no salão, empurrando o tradicional carrinho de bufê com três caixas. Em seguida, veio o apresentador da noite, um velho magro e muito curvado. Vestia terno azul e óculos escuros, tinha os cabelos tingidos de uma cor incerta, um castanho-avermelhado que oscilava com a incidência de luz. Tomou seu lugar no centro do palco."

Guilherme imaginou que o idoso olhava diretamente nos seus olhos, o único espectador, porém os óculos do apresentador eram de um negrume opaco. O velho soltou um pigarro e anunciou:

"E tem início a demonstração de número 27!"

Guilherme foi tomado por um calafrio nervoso. Luciano havia garantido que existiam somente vinte e seis demonstrações e que cada demonstração correspondia a uma letra do alfabeto. Como seria possível que ele não soubesse da existência de uma vigésima sétima demonstração? Ou será que ele nunca havia testemunhado, mesmo que houvesse comparecido a quatrocentas reuniões ao longo de quase três anos? Teria ele mentido? Era possível que a vigésima sétima fosse reservada a audiências minúsculas de somente um homem? Era possível que a vigésima sétima houvesse sido preparada especificamente para ele, Guilherme Wallauer? Era possível que o alfabeto ocultasse uma vigésima sétima letra e que agora ela lhe seria revelada?

O apresentador chegou perto do carrinho de bufê e disse: "Muitas coisas são o que parecem e outras parecem ser o que não são. Algumas coisas se parecem, porém são diferentes entre si. Outras coisas são diferentes, porém na verdade se parecem."

Ao erguer a primeira caixa, revelou uma Bíblia Sagrada de páginas largas, encadernada em couro artificial preto, com letras douradas. Ergueu a segunda caixa: ali havia uma extensa lista telefônica da cidade de São Paulo, referente ao ano anterior. Sob a terceira e última caixa, estava um grosso caderno de capa vermelha, modelo comum que podia ser encontrado em qualquer papelaria. Passando a mão nos objetos, o velho começou a dizer, e dessa vez não havia dúvidas que estava falando diretamente para Guilherme:

"Considerando as coisas que são e as coisas que não são, as coisas que parecem ser e as que não parecem mas são, considerando as coisas que não são e nunca serão, qual a semelhança elementar entre os objetos aqui expostos? E, mais ainda, qual a diferença elementar entre os objetos aqui expostos?"

Não se tratava simplesmente de mais uma demonstração. Era um desafio, e cabia a Guilherme solucioná-lo. Inclinando o corpo para a frente, coçou o queixo à procura de uma resposta. Cruzou as pernas, atento à enigmática expressão facial do apresentador. Não havendo outros sons em volta, tudo o que ouvia era o roçar das roupas a cada movimento. Era preciso raciocinar. Os três objetos podiam ser agrupados num conjunto de livros, de encadernados, de produtos feitos de papel. Tinham essencialmente a mesma composição, porém serviam a diferentes funções. E quais eram essas funções? Ao mesmo tempo que buscava a resposta correta, Guilherme se perguntava o que aconteceria caso acertasse. Imaginou que pudesse receber um prêmio ou que talvez apresentassem um segundo enigma, de maior dificuldade. Respirou fundo, tentando ordenar os pensamentos, evitando apressar conclusões. Olhou para a Bíblia Sagrada, um conjunto de livros, histórias e nomes. Olhou para a lista telefônica, um conjunto de nomes, endereços e números. E o caderno, um conjunto de páginas em branco. Cada objeto era também um conjunto em si. Era uma resposta satisfatória? Na opinião dele, não.

Guilherme sentia que era capaz de chegar a uma resposta, mas também imaginava que seria muito melhor se Cíntia estivesse ali. Além de ter revelado, durante a demonstração do leite vomitado, uma predisposição a estabelecer conexões absurdas e a interpretar elementos aparentemente dispersos, Cíntia trabalhava no mercado editorial. Talvez tivesse algum insight relevante acerca da natureza das bíblias sagradas, listas telefônicas e cadernos em branco. Era curioso que não estivesse ali justamente por causa de um quarto objeto daqueles, um quarto livro, um livro, aliás, que seria publicado dali a alguns meses e venderia muito bem. Não era nada de mais, Guilherme viria a descobrir mais tarde, era um guia de negócios escrito por um empresário, mas renderia a ela um pagamento bom e Cíntia usaria parte do dinheiro para ir passar uns dias em Porto Alegre e visitar a irmã.

"Aliás", disse Guilherme, fazendo uma pausa e interrompendo o fluxo da história. "Foi nessa visita, no final do ano, que a Cíntia me chamou pra almoçar e depois fomos pra minha casa, discutimos o episódio do leite vomitado e eu disse que vinha pensando o tempo inteiro naquilo desde a viagem. Mais que isso, eu disse que vinha pensando nela, que estava louco por ela, porém ainda me sentia desconfortável em estabelecer novos laços, não tinha forças pra me dedicar a um novo relacionamento, ainda mais se estivéssemos tão longe. Disse também que não sabia se eu era capaz de me relacionar emocionalmente com as pessoas. Sim, minha ex me fizera sofrer, porém eu tinha consciência de que o sofrimento imposto a ela por mim talvez fosse muito maior. Eu disse tudo isso, disse que parte de mim ainda amava minha ex e que outra parte fantasiava com Cíntia, descobria amar Cíntia de um jeito inconsequente e talvez perverso. E ela, deitada na minha cama e bebendo um gole de refrigerante, se virou para mim e disse, com aquele mesmo deboche de sempre: *O amor é como um pássaro machucado que resgatamos na rua. Se cuidamos mal, ele morre. Se cuidamos bem, ele voa pra longe.* Então. Foi daí que eu roubei essa frase. Eu poderia ter dito isso antes, ah, essa frase quem me disse foi uma pessoa com quem eu me envolvi há muito tempo, o nome dela era Cíntia. Eu poderia muito bem ter explicado a frase em poucas palavras, só que daí, Felipe, eu estaria te privando de tudo isso, a história das demonstrações e de como, depois de contemplar a Bíblia, a lista e o caderno por cinco infinitos minutos, eu ergui a mão pro apresentador e respondi:

"'A semelhança é que os três objetos são registros. A diferença é que o primeiro registra informação de muito tempo atrás e nunca é atualizado, o segundo registra informações do agora e precisa ser atualizado o tempo todo e o terceiro ainda espera pra que registrem nele coisas que não aconteceram.'"

O apresentador meditou, ou fingiu meditar, por alguns segundos, enquanto Guilherme, nervoso, agarrava com força o assento. Seu coração batia descompassado e gotas de suor começavam a se formar na sua testa. O apresentador se aproximou do carrinho e pegou a Bíblia Sagrada. Abriu-a e exibiu o interior à audiência, no caso Guilherme. Todas as páginas estavam em branco. Abriu a lista telefônica mais ou menos pela metade, exibindo a página em que começava o Evangelho de Mateus. Por fim, abriu o caderno vermelho, numa seção das páginas amarelas dedicadas a oficinas mecânicas e autopeças. Guilherme sorriu nervoso ao perceber o truque: capas e miolos haviam sido trocados. Qualquer resposta que ele desse não seria aplicável às particularidades de cada objeto. Disse o apresentador, sem se dirigir a Guilherme, sem sequer reconhecer sua presença:

"Existem respostas certas e existem respostas erradas. Existem respostas erradas que parecem acertos e existem respostas certas que revelam o erro. Essa foi a demonstração de número 27. Pois assim é nossa vida e assim sempre será."

20.
Os muitos sentidos que uma imagem contém

Ao girar a chave e destrancar a fechadura, senti o peso dos últimos dias. Não exatamente um peso, mas uma carga, se é que existe diferença. Voltar para casa era um momento de alívio, mas também tinha sabor amargo. Abri a porta e depositei as duas malas no chão.

"Já voltou?", perguntou meu pai. "Passou rápido, hein?"

Ele estava sentado na poltrona, de costas para a porta, recortado pelos raios do sol pálido que iluminava Porto Alegre naquele começo de tarde. Meu pai disse mais alguma coisa, mas eu não entendi. Ainda parado à porta, eu só conseguia ver a parte de cima da sua cabeça. O cabelo, grisalho e ralo, girou cento e oitenta graus, dando lugar aos olhos caídos, com sobrancelhas retas e óculos de armação retangular. Acima deles, a testa inquisitiva se impunha com pujança à moldura do rosto. Era uma testa imperialista, em constante expansão com o passar dos anos, que avançava sem dó, invadindo sem clemência o continente capilar.

"Esqueci de avisar que estava voltando", respondi.

"Olha isso", disse ele, apontando para a televisão, onde o novo presidente da República dizia alguma coisa. "Esse cu de cachorro."

Olhei para a televisão e, em vez de enxergar o presidente, notei o aparelho em si. Não apenas a televisão, aliás, mas também o móvel, os livros, o sofá e o vaso de plantas. Lembrei-me de quando era criança e íamos passar uns dias na praia em Santa

Catarina. Quando voltávamos para casa, eu tinha a impressão de que todas as nossas coisas estavam maiores, menores, com textura diferente. Era como se alguém tivesse aproveitado nossa ausência para substituir os objetos da casa por itens equivalentes, porém não exatamente iguais. Tinham a mesma aparência, mas não o mesmo aspecto. Lembrar disso me fez pensar num documentário que tinha visto alguns anos atrás, em que um crítico de arte é chamado para diferenciar uma peça autêntica de uma cópia. Na entrevista, ele dizia que era possível identificar o quadro autêntico pois ele tinha certa aura, algo que transcendia a aparência e que não se manifestava na falsificação. Na cena seguinte, ele analisava as duas peças e dizia, com soberba: esse é o autêntico. Só que, sem saber, ele apontava para o falso.

"Como foi a viagem?", disse meu pai, interrompendo a série de lembranças involuntárias.

"Foi tranquila", suspirei, sentando-me ao lado dele. "O piloto era bom."

"Eu tô perguntando da viagem como um todo. Como foi de trabalho?"

"Tranquilo também."

Ele esperava que eu elaborasse melhor a resposta, mas não foi o que fiz.

"O que é isso?", perguntei, apontando para o pé direito dele que, agora eu percebia, estava envolvido por uma bota ortopédica.

"Não é nada. Eu saí de casa pra comprar umas apostas da Mega-Sena com aquele cego que fica parado na esquina, aí na volta eu tropecei no canteiro de flores do prédio. Caí, torci o tornozelo."

"Quando?"

"Anteontem."

"E tu não me avisou?"

"Eu não quis te incomodar", disse ele, o olhar lívido saltando por cima dos óculos na ponta do nariz e fuzilando o presidente da República. "Além disso, o Valmir da portaria me ajudou."

Ele começou a mexer no celular e agora era eu que me voltava para a televisão, onde os jornalistas comentavam a escandalosa demissão de um ministro e as declarações mais recentes feitas pelo chefe do Executivo. Foi bom me afastar pelo menos por alguns dias, pensei. Eu não fazia ideia de qual absurdo eles estavam comentando.

"Olha só", disse meu pai com o celular na mão. Era uma foto do seu tornozelo, inchado. "Podia ter sido bem pior."

Ele riu sozinho, olhando para o celular. Por alguma razão, o conjunto da cena — um homem de setenta anos com o tornozelo imobilizado, sorrindo ao contemplar uma foto do próprio ferimento — me provocou uma repentina comoção. Ele ria porque era de se esperar que, naquela idade, já tivesse quebrado algum osso. E eu percebi que, a partir desse momento, eu sempre enxergaria meu pai pelo que ele de fato agora era: um homem idoso, progressivamente fragilizado pelo tempo, que precisaria da minha atenção nos próximos anos.

"Tá com fome?", perguntei com preocupação legítima, talvez informada pela minha constatação. "Posso fazer alguma coisa pra gente."

"Não precisa. Eu comi agora há pouco."

"Tá com dor? Posso ir na farmácia pegar alguma coisa."

"Sem dor."

Era difícil para mim, depois da agitação dos últimos dias, estar com meu pai e não ter nada para fazer. Especialmente porque, tentando ser útil, eu procuraria coisas para fazer e ele, sendo ele, insistiria em sempre dizer não, ou não precisa, ou até mesmo não inventa. A verdade é que eu queria mesmo era estar em Pedrerita e acompanhar a preparação da cena final nas suas minúcias, em especial o carro cenográfico. Imaginei Guilherme explicando a Frankito como deveria dirigir na estrada, acelerar aqui, não, melhor um pouco mais adiante, e depois bater no poste. E imaginei que Frankito estivesse muito animado com tudo aquilo. Acelerar, bater no poste, pegar fogo.

Meu pai enfiou a mão no bolso lateral da calça, de onde tirou um punhado de papéis amassados. Eram comprovantes de aposta. Olhou os papéis por alguns segundos, depois os entregou para mim. Cada comprovante tinha seis conjuntos de apostas, cada aposta tinha seis dezenas. Comecei a contar os papéis.

"Quinze milhões de reais", disse ele. "O sorteio é hoje."

"Quantas apostas têm aqui? Umas cinquenta?"

"Não, bem mais."

"Pai, tu gastou quanto com isso?"

"Gastei o de sempre. O cego da esquina sempre me faz um preço bom. Cara legal ele, sabia?"

Devolvi os comprovantes e ele começou a ordená-los, como se conferindo que todas as apostas estavam mesmo ali.

"Como é o nome dele?", perguntei.

"Do cego? Esqueci."

"Não é legal ficar chamando o cara de cego da esquina."

"Ah, mas com ele é diferente. Eu chego ali e digo e aí, meu amigo. Ele me reconhece pela voz."

Num gesto súbito, inclinou o quadril e enfiou os papéis no bolso.

"Quinze milhões, já pensou?", disse ele, agora com os olhos brilhando. "Se eu ganhar, a gente pega o dinheiro e sai do país, vai morar em algum lugar bem longe. Esse governo vai dar merda, tô te dizendo, o cu de cachorro quer uma guerra civil. Com quinze milhões a gente vai embora."

"Pra onde?"

"Pro Japão, sei lá. Se bem que duvido que eu aprenda japonês. De repente a gente se muda pra algum lugar mais perto. Essa praia do filme, era legal? Espanhol eu acho que me viro."

"Pedrerita é bem vazia, não tem muita coisa pra fazer. Se bem que deve ser diferente na temporada de veraneio. Eu fiquei num hotel bem bom, pra te falar a verdade."

"Tava legal?"

"Tava sim. Eu acompanhei a gravação de algumas cenas, até participei de uma delas como ator."

"E o tempo?"

"Fez frio. Alguns dias nublados, mas domingo tinha bastante sol. A gente fez um almoço com a equipe inteira."

"Eu na real achei que tu fosse voltar quinta-feira."

"Pois é", respondi. "Eu também."

"Aconteceu alguma coisa?"

"Mudança de planos. Cinema é assim mesmo. Alguns imprevistos acontecem, as coisas vão se ajustando."

"Não é só o cinema que é assim. Tudo é assim."

"Incerto?"

"Incerto, improvisado, sei lá. Não era isso que o Darwin dizia? Todo mundo acha que ele falava da sobrevivência do mais forte, mas o que ele defendia mesmo era tipo: sobrevive quem consegue se adaptar. E isso é improvisação, tu não acha?"

"Não sei, pai, não sei."

"Procura pra tu ver uma coisa. Eu lembro de ter visto isso na televisão, que o Darwin fala isso acho que das girafas. Ou das tartarugas de Galápagos."

"Vou procurar."

Suspirei profundamente e deixei a cabeça desabar no encosto do sofá. Sentia aquele peso ou carga, na verdade um fardo, algo de qualquer modo ambíguo. Minha partida antecipada. Não queria falar do que havia ocorrido no dia anterior, depois que Guilherme contou a história das demonstrações e ficamos em silêncio. Enquanto processava a inusitada aventura narrada por Guilherme, eu esperava que ele se manifestasse a respeito da minha proposta: alterar a cena final, fazer o carro pegar fogo. Em vez disso, ele alisou a barba e disse:

"Melhor tu aproveitar o café da manhã."

Foi o que eu fiz. E nem bem havia me sentado à mesa, com uma xícara de café e um prato de ovos mexidos, ouvi alguém dizer meu nome. Ou melhor, ouvi alguém *gritar* meu nome: "Felipe!"

Era Adriana, a produtora. Da mesa, ouvi Adriana atravessar o saguão em passos trovejantes. Ela irrompeu no refeitório sem saber para onde se dirigia, mas logo me viu sentado, com a boca cheia, mastigando ovos mexidos. Aproximou-se de mim e sentou-se na cadeira à minha frente. Tinha o cabelo bagunçado e vestia um velho abrigo de moletom cinza mescla, com umas coisas genéricas escritas em inglês na parte da frente. Não deixava dúvidas de que havia saído da cama especialmente para me procurar e, levando em conta a raiva que transbordava dos olhos extremamente despertos, atentar contra minha vida.

"Tu por acaso ficou maluco?", perguntou Adriana, num tom afirmativo que deixava bem claro que ela não queria que eu respondesse. "Que história é essa de botar fogo em carro? O que eu falei pra vocês? Sobre o cronograma? Eu permiti que vocês fizessem uma única alteração e agora vocês querem mudar o fim, colocar um carro em chamas, que história é essa?"

Coloquei os talheres sobre a mesa e ergui as mãos junto ao rosto. Era uma confissão de que eu precisava pensar, mas também de que estava desarmado. Conhecia muito bem o temperamento implacável de Adriana só de observar a maneira como interagia com a equipe no set. Queria, justamente por isso, evitar brigas.

"Olha, Adriana…"

"Olha Adriana o caralho, Felipe, agora resolve isso. De onde saiu uma ideia dessas? Eu não posso deixar vocês sozinhos por cinco minutos, tu e o Guilherme. Parecem duas crianças."

"O que o Guilherme te disse?"

"Não importa o que ele me disse. Ele já foi lá falar com a Lúcia. Acordou a Lúcia, aliás, pra perguntar sobre tecidos inflamáveis e isolamento térmico. Ele já pediu pros produtores de locação conversarem com a prefeitura, porque a cena vai ser rodada na estrada, então precisa de autorização..."

"A cena seria rodada de qualquer modo, então acho que não vai afetar o cronograma."

"Felipe, a questão não é só o cronograma. Nós vamos ter que comprar material pra isso, mandar trazer de Montevidéu, então é um problema de orçamento. Fora isso, é uma questão de segurança, que eu preciso comunicar à seguradora. E é também uma questão técnica. Quem é que vai garantir o funcionamento de uma coisa dessas?"

"O próprio Frankito tem experiência com isso."

"O Frankito?"

"É um número que ele fazia no circo", expliquei. "Ele fez isso todas as noites, ao longo de anos. O Guilherme sabe disso, eu contei pra ele. Além disso, eu posso ajudar no que for possível. Sou um produtor também, afinal de contas. E tô aqui sem muita coisa pra fazer."

"Felipe", ela disse, baixando o tom de voz, tentando se acalmar. "Tu tem crédito de produtor associado, o que é diferente de *ser* um produtor. É uma questão meramente burocrática, pra administrar melhor os direitos autorais. A produtora aqui sou eu."

"Bom, mas eu tô aqui, então eu poderia contribuir com o processo."

Adriana baixou a cabeça e respirou fundo. Fechou os olhos e logo em seguida abriu-os de novo, num estalo.

"Não, não, chega, Felipe. Tua visita foi uma cortesia, entende? Eu te trouxe aqui pra tu conhecer a equipe, ver um pouco o pessoal em ação. A gente não precisa da tua ajuda."

Fiquei em silêncio.

"Não me leva a mal. Eu confio no teu trabalho como roteirista, acho que tu é bom no que tu faz, mas chega. Agora, no set, não é o momento pra isso. O Guilherme já começou a fazer as preparações, então a gente vai rodar a cena do carro pegando fogo. Mas eu não posso permitir que mais coisas desse tipo aconteçam no meu set. Tu volta pra Porto Alegre amanhã de manhã."

Adriana largou a bomba e não permitiu que eu dissesse qualquer outra coisa. Em vez disso, levantou-se da mesa e se afastou, agora com o nervosismo dissipado. Bebi um gole do café, que já estava frio, e tentei me recompor. Não foi tão difícil. Ainda que eu tivesse acabado de ser condenado ao exílio, estava satisfeito em saber que a cena do carro seria filmada, que Frankito teria uma chance de pegar fogo mais uma vez, e que tudo seria registrado para a eternidade. Dessa maneira, senti que eu havia me sacrificado por algo maior. De fato, não havia mais razões para continuar ali. Virei o resto de café frio num gole só e deixei no prato alguns pedaços borrachudos de ovo. Era chegada a hora de dar adeus a Pedrerita.

Saí do hotel, enfiei as mãos nos bolsos e avancei pela rua principal em direção à praia, fazendo o mesmo trajeto que fizera com Natália no dia anterior. A manhã nem bem havia se estabelecido e tudo indicava que seria mais um dia úmido de frio e tempo nublado. A brisa gelada carregava um aroma salgado de peixe. Sentei-me na areia e observei o espelho agitado do oceano, de onde colunas de maresia se dispersavam no ar, borrando a linha do horizonte. Uma zona embaçada se erguia no céu acinzentado, fazendo com que o voo das gaivotas adquirisse o contorno de pequenos organismos observados num microscópio.

As ondas rebentavam contra as pedras e, em meio à agitação daquelas sucessivas franjas brancas, avistei um ponto escuro se debatendo na água. Um pinguim, pensei, pensando também na implicação simbólica de finalmente avistar um pinguim, bem naquele momento, justo depois de ter sido barrado das gravações. O pinguim se aproximando da costa bem quando eu estava de saída, voltando para casa e cumprindo meu ciclo migratório. Se isso acontecesse num roteiro de cinema, seria um índice ambíguo de liberdade ou desterro, de vitória ou derrota. Tudo ao mesmo tempo, talvez. Para conquistar seu principal objetivo, o protagonista havia estabelecido as condições da própria derrota. Agora, no momento de recuperar forças e seguir adiante, ele seria visitado por um pinguim, o animal pelo qual havia esperado no dia anterior.

O pinguim chegaria, sim, mas não no momento desejado. Ele não surgiria do mar quando o protagonista estivesse na companhia do seu interesse amoroso. Não. Para tornar possível a visita do pinguim, seria necessário que o protagonista atravessasse uma jornada, por mínima que fosse, e que apreendesse alguma coisa, mesmo que não soubesse muito bem o quê. Desse modo, o pinguim não seria apenas um bicho. Seria uma imagem e os muitos sentidos que uma imagem contém.

Apoiei as mãos na areia, inspirando profundamente a maresia, e fiquei de pé, na expectativa dessa aparição, que continha agora um elemento maior, de ordem simbólica e emocional. À medida, no entanto, que eu me aproximava da água e as ondas o traziam mais para perto, percebi que não se tratava de um pinguim. Era, na verdade, um pneu.

21.
O ruído das engrenagens

Anos mais tarde, eu seguiria olhando para esses dias como um momento-chave não apenas da minha carreira, mas também da minha vida pessoal. Naquela tarde, no entanto, deitado no sofá e vendo as notícias ao lado do meu pai, minha cabeça repetia várias vezes a conversa com Adriana e eu me perguntava se havia um futuro a partir daquele ponto. Como foi possível que eu tivesse arriscado tanto por causa de uma cena? Teria sido eu barrado da minha área de atuação profissional?

Senti o celular vibrar no bolso. Era uma mensagem de Guilherme.

"Amanhã de tarde rodamos", ele dizia. "Qualquer novidade, eu te aviso."

Ao acordar na manhã seguinte, portanto, a primeira coisa que fiz foi conferir o celular. Não havia mensagens de Guilherme, e os quinze milhões da Mega-Sena tinham saído para uma única aposta, que não estava entre as vendidas pelo cego, mas havia sido feita em Divinópolis, Minas Gerais. Quando contei isso para meu pai, ele se limitou a dizer:

"Divinópolis? Nunca ouvi falar."

Improvisei uma refeição com o que havia na cozinha. Massa espaguete e molho vermelho. Enquanto almoçávamos, meu pai citou cidades de Minas Gerais de que já tinha ouvido falar, começando, é claro, pela capital Belo Horizonte, mas também Ouro Preto, por causa da Inconfidência, e Itabira, terra natal de Carlos Drummond de Andrade, entre outras. Enviei uma mensagem a Guilherme:

"Tudo certo?"

Ele respondeu, cinco minutos depois:

"Fazendo os últimos preparativos."

Ajudei meu pai a se acomodar na poltrona enquanto ele fingia não precisar de mim. De qualquer maneira, coloquei um banquinho no meio da sala para que mantivesse a perna elevada. Meu pai agradeceu, um pouco sem jeito, e ligou a televisão. Assim, acompanhamos o desenrolar de uma crise no governo, que eu não sabia se ainda era a mesma crise do dia anterior ou uma nova, surgida naquela manhã. Enviei outra mensagem, mas Guilherme não respondeu. Pensei em mandar mensagem para Fernanda, a assistente de produção, mas desisti, imaginando que talvez Adriana tivesse orientado que não falasse comigo.

"Como é aquela cidade, terra do Juscelino Kubitschek?", perguntou meu pai. Bastou eu digitar o primeiro nome do ex-presidente na barra de pesquisas para ele se lembrar. "Diamantina!"

Enviei uma mensagem a Pedrão, dizendo que já tinha voltado de viagem. Perguntei se ele não estava a fim de fazer alguma coisa. Expliquei que meu pai tinha caído e se machucado. Por isso, eu não me sentia à vontade para deixá-lo sozinho. Sugeri que Pedrão aparecesse no fim da tarde para a gente tomar um café.

"Machucou muito?", ele perguntou.

"Torceu o tornozelo."

"Putz."

"Pois é."

"Passo aí lá pelas cinco."

Agora, pelo menos, eu tinha algo para fazer. Esperar Pedrão. Olhei no relógio, eram três da tarde. Voltei à conversa com Guilherme para ver se estava online, porém ele havia desativado esse recurso. Olhei para o lado e meu pai cochilava, indiferente a mais uma queda da República. Tentando não despertá-lo, levantei-me do sofá e fui à cozinha, imaginando que lavar a louça suja do almoço seria no mínimo útil. A tarefa, porém, não demorou mais que vinte minutos. Voltei para a sala e, antes de pegar no sono, enviei uma mensagem a Natália.

Acordei com o toque do interfone. Olhei no celular. Faltavam quinze minutos para as cinco da tarde e não havia mensagens. O interfone soou mais uma vez.

"Quem será?", perguntou meu pai.

"É o Pedrão", respondi.

Levantei, peguei o interfone e disse ao porteiro um protocolar pode subir. Abri a porta e as luzes do corredor se acenderam automaticamente. Fiquei por ali, esperando meu amigo chegar. Ecoava no corredor o ruído das engrenagens e o painel numérico indicou que o elevador passava do andar térreo para o segundo. Em seguida, do segundo andar para o terceiro. Quando o três deu lugar ao quatro, meu celular vibrou no bolso.

"E aí?", eu havia perguntado antes de dormir. "Soube algo da cena?"

"Sim", respondeu Natália. "Ele pegou fogo."

Agradecimentos

Agradeço a Carolina Vicentini, primeira leitora deste livro e de tudo o que escrevo. Irka Barrios e Tobias Carvalho: obrigado pela amizade, pelas leituras e pelas conversas. Devo muito a Guto Leite, que me orientou durante o mestrado, e à banca examinadora da minha defesa: Antonio Barros de Brito Junior, Julia Dantas e Luiz Maurício Azevedo. Nos dois anos em que desenvolvi meu projeto, fui acolhido pelo Instituto de Letras da Universidade Federal do Rio Grande do Sul (UFRGS) e contei com o apoio financeiro da Coordenação de Aperfeiçoamento de Pessoal de Nível Superior (Capes), órgão vinculado ao Ministério da Educação. Fica aqui meu agradecimento a essas instituições. Por fim, agradeço à equipe da Todavia e a todos os profissionais que se envolveram na produção deste livro.

© Matheus Borges, 2025

Todos os direitos desta edição reservados à Todavia.

Grafia atualizada segundo o Acordo Ortográfico da Língua
Portuguesa de 1990, que entrou em vigor no Brasil em 2009.

capa e ilustração de capa
Giovanna Cianelli
composição
Lívia Naomi Takemura
preparação
Silvia Massimini Felix
revisão
Ana Alvares
Tomoe Moroizumi

Dados Internacionais de Catalogação na Publicação (CIP)

Borges, Matheus (1992-)
Frankito em chamas / Matheus Borges. — 1. ed. —
São Paulo : Todavia, 2025.

ISBN 978-65-5692-795-4

1. Literatura brasileira. 2. Romance. 3. Ficção
contemporânea. I. Título.

CDD B869.3

Índice para catálogo sistemático:
1. Literatura brasileira : Romance B869.3

Bruna Heller — Bibliotecária — CRB 10/2348

todavia
Rua Fidalga, 826
05432.000 São Paulo SP
T. 55 11 3094 0500
www.todavialivros.com.br

fonte
Register*
papel
Pólen natural 80 g/m²
impressão
Geográfica